# 青灯怪谈

〔日〕 冈本绮堂 著

木笔 译

QingDeng
guaitan 2

沈阳出版发行集团

Ⓜ 沈阳出版社

## 图书在版编目（CIP）数据

青灯怪谈 . 2 /（日）冈本绮堂著 ; 木笔译 . —— 沈
阳 : 沈阳出版社 , 2020.8
ISBN 978-7-5716-1079-1

Ⅰ . ①青… Ⅱ . ①冈… ②木… Ⅲ . ①故事—作品集
—日本—现代 Ⅳ . ① I313.45

中国版本图书馆 CIP 数据核字 (2020) 第 131679 号

---

出版发行：沈阳出版发行集团丨沈阳出版社
　　　　　（地址：沈阳市沈河区南翰林路 10 号　邮编：110011）
网　　址：http://www.sycbs.com
印　　刷：三河市兴国印务有限公司
幅面尺寸：145mm × 210mm
印　　张：10
字　　数：200 千字
出版时间：2020 年 8 月第 1 版
印刷时间：2020 年 8 月第 1 次印刷
策划机构：三得文化
选题策划：郑小粽
责任编辑：张　磊
封面设计：蜀黍　BOOK DESIGN contact details 461084
责任校对：王冬梅
责任监印：杨　旭

---

书　　号：ISBN 978-7-5716-1079-1
定　　价：45.00 元

联系电话：024—24112447　024—62564978
E—mail：sy24112447@163.com

本书若有印装质量问题，影响阅读，请与出版社联系调换。

# 目 录

# 1

## 鸳鸯古镜

这个故事来自Y君。

明治末年，我在东北的一个小镇上的警察局任职，今天要讲的这个故事就发生在那个时期。我也说不好到底是破案故事，还是异闻怪谈，大家就姑且听来看看吧。

这里要先讲一下农村和城市的区别。在城市，人们都是按照新历来过日子的，中元节和新年都是遵照新历，但是在农村，新历和旧历并存。今天要讲的这件事发生在元月下旬，在农村正是家家户户忙着迎接旧历新年的日子。故事发生的那一年，雪下得比往年少，但天气还是一样很冷。

那天我休假，晚上十一点多，我刚参加过村里一位村民家的俳句聚会，跟几个一起参加聚会的朋友走回镇上。走到镇子与村庄的交界处附近，那里有一个建筑叫牟天祠。其他人到这里后都纷纷告辞，就只剩下我和另一个小伙子了。

这个人笔名叫野童，家里是在镇上经营和服铺子的。至今我都还记得，那晚的月亮没有出来，天上只有星星在不断闪烁，气温很低，即使早已经习惯那边冷天气的我们，也觉得那天夜里格外冷。一路上，我们两人一直在聊着晚上俳句聚会上发生的趣闻轶事，但无奈路太长，话题总有说尽的时候，后来我们就干脆不闲聊，只顾闷头赶路。

他突然拉起我的衣袖，说道："矢田先生。"

"怎么了？"我疑惑地问道。

"你看那边，好像有什么东西。"

我顺着他说的方向望了过去，原来是牟天祠。牟天祠所在的地方据说以前有一个面积不小的水塘，堪比一个湖泊。后来水塘慢慢萎缩，原来的大水塘如今就只剩两三百平方米的面积。只不过附近已经干涸的地方也仍然比其他地方低洼一些，让见到的人不禁感慨昔日水未枯竭时的景象。干涸处现在长满了树木，而且树龄颇久，杉树和山茶树之类的树木在这里都能看到。小池塘边有两棵颇为巨大的柳树，春夏秋三季，柳树都枝繁叶茂，一眼望去，透过交错的枝叶，隐约能看到背后的牟天祠。当然，在冬天，柳树的叶子已经全部凋落，只剩下干枯的枝干。

野童刚才所指的方向就是柳树的树干，那里似乎有什么生物藏在树干下面。

我猜测地说道："会不会是一些无家可归的乞人？"

野童说道："天气干冷，这里又树木繁多，万一不幸起火，可就太糟糕了！"

我能理解他为什么这么说。去年冬天，村里山王祠附近有一位乞丐生火时不小心引起了火灾，山王祠也因此被烧毁。我们都担心悲剧重演，于是就走上通往那边的一座小石头桥，想要去看看树下到底是不是真的有乞丐。

这附近空旷了很久，并没有人家居住，自然也就没有灯火，唯一能够照明的是牟天祠前门挂着的长明灯。然而不幸的是，在那天，长明灯竟然也熄灭了，于是我们两个人只能摸黑小心地在树丛里前进。

我们快走到池塘边时，借着池水泛出的光芒、雪地反射出的光亮以及星星的闪烁，我们竟然发现池塘边真的有一个黑影，而且这个黑影似乎还蹲下来正刨着什么东西。定睛一看，我确认这个黑影并不是野兽，而是人类。

那时的我正在警察局任职，虽然此刻身上穿的是和服不是警服，但是秉持着警察的基本操守，我还是走上前问道："你是谁？

为什么在这里？"

对方很明显听到了我的问话，但却并没有出声，反而想要马上逃跑。我赶紧上前堵住了他，野童也理了理和服衣袖，准备配合我一起围捕。那个黑影见势也知道逃跑无望，就干脆站在原地等待我们盘问。

我继续问道："你以为不说话就行了吗？快点老实交代，你到底是谁？是住在附近的村民吗？"

黑影这次发出了声音："是的。"

"那你黑灯瞎火的一个人在这儿干什么呢？"

"嗯……"

对方还在犹豫的当口，野童却仿佛认出了他的声音。于是，他走上前问道："你是不是冬坡君？"

经野童这一提醒，我也认出了黑影原来是镇上烟草店老板的儿子。平时，冬坡也热衷俳句，但今天却没有参加我们的俳句聚会，只是没想到他会一个人在池塘边。

"冬坡君，你这么晚一个人在这里干什么，是在参拜吗？"我本来以为能抓住一个罪犯，没想到是熟人，我顿时就泄了气，开始调侃他。

野童先生也跟着一起调侃道："你不知道冬坡君还真的有夜里

参拜牟天祠的习惯吗？"

冬坡君并没有接话，于是我们三人一起往外走回到主道上。一路上，野童先生企图打开话题，他向冬坡君介绍我们今晚的聚会有多热闹，但冬坡先生要么不吱声，要么也只是简单地"嗯嗯"应付几声，显然是一副心不在焉的样子。

走了一会儿，我便先和两人告辞，因为我当时的家住在镇子外面，他们两人都住在镇中心。

回到家中后，我还一直思索冬坡君今天奇怪的言行。他为什么要一个人在这么黑、这么冷的时间来到牟天祠这里，而且行为还那么古怪？野童先生可能真的以为他是在参拜牟天祠，但是我却总觉得事实真相并非如此。但我转念一想，冬坡君跟我也算是朋友，我对他这个人还是有一些了解的，他行为举止一向良好，也没有过任何前科，可能真的是我多虑了。就这样，我说服了自己，洗漱后就上床休息了。

第二天一早，我就出门上班。又过了一天，在上午九点，牟天祠附近有人报案，说是在池塘里发现了一名年轻女子的尸体。经检验后，民警发现尸体是本镇居民阿照。

阿照今年十九岁，在镇上经营一家名叫清月亭的餐馆。她的皮肤白皙，头发乌黑，面容娇美，唯一略显不足的是左脚有些残疾，虽然不太严重，但走起路来有点一跛一跛的。但正值青春期的女孩子对自己身上的缺点总是格外关注，尤其阿照又经常在家里的餐馆帮忙，每天要跟很多人打照面，她就更对自己的跛脚耿耿于怀。时间久了，思想也走了极端，还曾许愿，只要她的跛脚能恢复正常，她愿意少活十年。

这话虽然说得有些荒唐，但阿照希望能治好跛脚的心却是无比虔诚的。自从正月初七以后，她每天白天在餐馆里服务顾客，傍晚时分就偷偷离开，一个人去牟天祠里参拜——即使晚上正是餐馆生意的高峰期，她也不管不顾了。阿照的父母只有她一个女儿，她母亲对她一向很疼爱，再加上牟天祠离家里也不算很远，耽误不了多少工夫，母亲也就默许了她这一行为。就这样，阿照每天都来牟天祠参拜，虽然谁也不知道她到底是在祈求治好跛脚，还是许了别的什么其他的愿望。

昨晚，阿照照常来牟天祠参拜，没想到这一次竟然一去不归。

阿照的母亲刚开始并未发现阿照没有如期回来，因为昨晚店里一下子来了三桌客人，她不停地忙着照料客人。等到意识到女儿还没有回家时，已经是晚上八点左右了。她赶紧让下人去牟天祠附近寻人，但是下人们并没有找到阿照。年轻的阿照整夜未归，一直到第二天早上，终于有人发现她的尸体漂浮在牟天祠的池塘上，早已经命丧黄泉。

接到报案消息后，我和同事一起奔赴牟天祠查看。那天天气不错，太阳高照，只是天气依旧寒冷，池塘附近的路面仍然结冰。我们俩赶到之时，阿照的尸体已经被人从池塘中捞出，正停留在岸边。虽然一看就知道阿照已经死去多时，但他们仍然在尸体旁堆了一些草丛，点燃后取暖，让阿照的尸体能保持一定的温度不被冻僵，给她保留最后一点体面。

我们刚到不久，法医也赶到了。他们第一件事就是检查尸体，判断阿照是自杀还是被人谋害。仔细检查尸体后法医发现，阿照左额头处有一处伤痕，但正值冬季，池塘及附近很多地方都结了冰，在附近行走时，但凡不小心，就很容易被硬邦邦的冰块滑倒，因此，也不能单凭这点就认定阿照是被人谋杀的。法医继续检查后发现阿照体内有不少水，也基本排除了她是被人杀死后再抛尸到池塘中的可能性。

那么如果阿照是自杀，因为池塘靠边处的冰都结得很厚，阿照有可能先投池未遂，额头撞击冰块留下了伤痕。之后她很可能走到池塘中央结冰稍微没那么严重的地方，再投池自杀。只是，池塘中央的现场早已被破坏，在我们到场之前阿照的尸体就已经被人捞起，所以从岸边到池塘中央已经布满了痕迹，早已经无法分辨有哪些脚印是阿照的了。

无奈之下，我就四处张望，看看能否找出一些线索。这时，我注意到了池塘边的那两棵大柳树的树根附近好像有被人挖过的痕迹，于是连忙蹲下仔细检查。两棵柳树的树根附近，一处是干硬的泥土，一处是湿润的泥土。对比之下很明显地看出，湿润的泥土应该是最近刚被人挖过。

于是，我叫来在附近看热闹的本地村民，询问道："你们知道这棵柳树根部是被什么人动过吗？"

众人纷纷表示不知情，而且之前没有人留意过。

线索就此中断，我只能在四周再次打探，寻找新的线索。当我走到池塘边的草丛时，在草丛中发现一把被泥土和积雪掩盖的小铲子，显然是被人丢弃在这里的。我推测，这就是被人用来在柳树根部挖土的凶器。这让我一下子就想到了冬坡君，前天夜里我撞见他时，他刚好就蹲在这棵柳树下挖东西。

阿照的母亲把阿照的尸体抬回了家。因为没有找到有力的证据证明阿照是被人谋杀，也只能接受阿照自杀的说法了。阿照正值青春期，这个年纪的女孩子容易钻牛角尖，因为跛脚一事她变得更加敏感和郁闷，也不是完全没有自杀的可能性。

餐馆的女服务生们还提供了一个特别的信息——阿照最近似乎

多了一个神秘男友。有了这个神秘男友，思春期的少女也不免心绪起伏，容易自怨自艾。这个消息一出，自杀的说法变得更加理由充分，于是警方也就按此理由进行结案了。

只是在我内心深处，有些事情一直没有想通。冬坡为什么大半夜的在柳树下？他是否与阿照的死有关？出于一名警察的觉悟，我决心将事情查清楚。

傍晚时分，我在镇上巡逻，不知不觉间走到东源寺附近。寺庙外围是用一圈山茶树围成的篱笆，更外一层是高高大大的杉树。透过树木，可以望见里面覆盖着积雪的白色墓碑。天气依旧很冷，冷风不时吹过，还夹杂着不知从何处而来的鸟叫声。忽然，一个低头赶路的人与我擦身而过，我定睛一看，发现此人正是冬坡。

这可真是无巧不成书，我本来就想找到冬坡进一步询问，于是连忙发声道："冬坡君，您这是要去哪里呀？"

冬坡君似乎是被我突然的问候吓到了，一个激灵后驻足停留，向我点头示意。我跟冬坡君相识已久，知晓他性格温和，我们又都是俳句爱好者，故此在面对他时，我势必不能表现得跟平时审问嫌疑人一样。

于是，我像朋友闲聊那样开启了话题："对了，冬坡君，那天忘了问，您大晚上的在牟天祠附近是在做什么呀？"

冬坡君并未回答我，只是沉默。

于是，我不得不接着问道："我好像看到你蹲着挖东西，是在用小铲子挖什么吗？"

"并没有。"这次冬坡君终于开口回复了。

"那您倒是跟我说说，大晚上的一个人在那边到底是为什么呀？我就是很好奇。"

没想到，刚刚好不容易开口说话的冬坡君又恢复了沉默。

我只能不死心地接着发问道："您昨天晚上是不是又去了牟天祠附近？"

这次，冬坡君回复了："昨晚没去。"

"冬坡君，你我朋友一场，我也希望您能尽量配合。如果您一直不开口，那我也只能像面对其他嫌疑人一样对待您了。我当然是不希望您是嫌疑人的，所以还是麻烦您跟我实话实说。我只是想了解前天晚上您一个人在牟天祠池塘附近是做什么而已。"

我实在是拿冬坡这种性格没辙，只能晓之以理，动之以情。

但他听到了我的话后还是一言不发。这下我只能换种策略，不再那么平和了。

我质问道："冬坡君，我记得你以前不是这样啊，怎么这次这么执拗？你到底是有什么事情要瞒着掖着，不可以对我讲的呢？警察的政策你也是知道的，对任何想隐瞒事实的人，我们都不会手软的。而且阿照这个案子本来就没有完结，警察内部认为阿照是被人谋杀的，不瞒你说，我就是来调查这个案子的。而你又那么巧曾经出现在案发现场，你身上的嫌疑有多大相信你自己也知道。如果你还不尽快交代，到时就真的没人能救得了你了！"

冬坡君呢喃地说道："也许确实是我害了她。"

"你这句话是什么意思？你害了她什么？"我连忙追问。

话音刚落，我突然发现山茶树拐弯处有一个正在偷窥我和冬坡君谈话的女人。因为此时已是傍晚，天色昏昏暗暗，我并没有看清楚那个女人的长相，但她整个人给我的感觉却不像是出自什么正经人家。

正当我睁大眼睛想仔细认出那个女人时，却看到女人背后突然出现一个年轻男人，他恶作剧似的吓唬了女人一下，然后哈哈大笑了起来。那个笑声爽朗的年轻男人我也认识，正是野童先生。

野童这么一闹，那个偷窥的女人也露出了真形。她穿着长款大衣，竖起衣领，半张脸都被遮掩住了，但她离我和冬坡君本来就不太远，所以我还是认出了，她正是镇上的一名艺伎。

野童家境富裕，是镇上的富二代，他为人又活泼外向，与艺伎相识倒不奇怪。

这时，野童先生也认出了我，走过来打招呼道："晚上好呀，啊，原来冬坡君也在啊。"

他似乎感觉到了在我和冬坡君之间存在的神秘气场，打招呼过后神色也严肃了一些，收起了笑意。

毕竟是认识的朋友，我笑着回应道："野童先生，晚上好，刚才跟你一起开玩笑的那个女人是谁呀？"

野童先生有些犹豫地说："呃，她是镇上的艺伎，也是……冬坡君之前的女友。"

这个女人和冬坡君之间居然是这样的关系，出乎我的意料，我连忙去寻找女人，却发现她早已趁着我们谈话之际消失了。

这时，天色已经变得更黑了。之前在牟天祠遇见冬坡君的时候，野童先生曾说冬坡君有去牟天祠参拜的习惯，估计他是知道冬坡君的秘密当时才这么说，只是我还是想不明白中间到底发生了什么事，让原本略内向的冬坡君竟然变得一言不发。我想着，调查冬坡君还是要先从野童先生那里把事情真相弄清楚，当着冬坡君的面询问不太好，要找机会单独跟他沟通。

于是，我开始随意地跟野童先生闲聊一些无关的话题，然后就找借口告辞离开，没想到的是野童先生竟然追了过来，他问道："你和冬坡先生之间刚刚气氛好像不太对，是有什么事情发生吗？"

我解释道："我本来有一些事情想问他，但他不太愿意说。不知道你有没有时间，晚上到我家聚一下，我也刚好有些事情想跟你再好好聊聊。"

野童先生答应了我的邀请。

我回到家里后，先洗了个澡，又给自己弄了晚餐，等吃完饭后野童先生却还没有上门。家里人告诉我外面已经飘起了小雪。今年冬天一直没下雪，这场雪终于盼来了。气温有些低，我钻进被炉里一边取暖，一边等候野童先生。

就这样，我一直等到晚上九点，终于等到姗姗来迟的野童先生。但是与他平时洒脱的性格有些反常的是，他并没有直接钻进被炉，反而是规规矩矩地坐在一旁。

"天太冷了，野童先生，你还是一起到被炉里取暖吧。"

我发出了邀请，但野童先生却仍显得有些犹豫。没办法，我只能让夫人递给他一个手炉来取暖。

气氛有些沉闷，我先从今晚的这场雪开始聊起。

"今年终于下雪了啊。"

"是的，终于下了。"野童先生附和道。

"对了，我请您来，是想打听下，之前跟您一起嬉戏的那个艺伎叫什么名字？"我看野童先生没有主动提起，就先开口询问。

野童先生的面色更加不好看了。

但他还是回复了我："她叫染吉。"

我大概想起了染吉的情况，今年二十出头，皮肤白皙，眉目如画，略有遗憾的是右脸上有一个不小的痦子。

既然话题已经开启，野童先生也不再避讳。他四周打探了下，然后压低声音说道："我今晚过来，主要是想问，您为什么要询问冬坡君呀，是觉得他有什么值得被怀疑的吗？"

我没有急着回答他，反而盯着他沉思了起来，野童先生似乎感受到了我的怀疑，有些犹豫地呢喃道："傍晚撞见你和冬坡君在一起，当时我就觉得你俩之前的气氛有点怪。后来你离开后，我就把他拉到角落里问到底是怎么回事，他一开始什么都不肯说，后来终于承认了。"

我敏感地意识到了野童先生用了"承认"这个字眼，连忙问道："他承认了？你说的是他承认了什么？是承认自己谋害了阿照吗？"

我刻意让自己露出一副早已经知晓事情真相，就等他如实招来的表情。

野童先生叹了口气："哎，我慢慢跟你说吧。冬坡君的家庭状况相信你早已清楚，他家里一共三口人，除了他外还有母亲和弟弟。他家境不太好，又沉闷寡言，也赚不来什么钱。但好在个性老实，为人靠谱，按理来说，他跟艺伎应该是完全没有交集的。但你也知道，他靠卖烟草为生，艺伎又是不可避免的大客户，就这样一来二往的，他和一些常来买烟的艺伎、餐馆女服务员之类的年轻女人都混了个脸熟。那些年轻女人常年面对各种花言巧语、动手吃豆腐的人，因此对他这类忠厚老实型的青年反而格外青睐，有些住得远的艺伎甚至还会专程绕远到他家铺子买烟。染吉就是其中一个对冬坡感兴趣的艺伎，当然，也怪她太会勾引人，冬坡就像囊中物一样被她钓上了。去年秋祭时，两个人就偷偷好上了。染吉个性很外向，冬坡个性内向安静，两个人也是很互补。他们很有默契，没有将这段私情告诉外人，就一直偷偷维持着关系，没有任何人发现他们的关系。就连我，也不知道。"

我想，这种时候也难怪野童先生会将自己撇得一干二净，他肯定对冬坡君和染吉的私情有所了解，但既然他已经撇开，我也无意深究，倒不如耐心听他把话说完。

窗外还在下着雪，冷冽的寒风呼呼地吹着，窗户被敲打得摇晃起来。野童今晚似乎对窗外的风雪格外留意，一听到风吹动窗户的声音，就要回头张望。

扭头回来，他继续说道："冬坡君这个人很受女孩子的欢迎，相信你也能猜到，清月亭的阿照后来也看上了他。前面我说过，冬坡和染吉的私情保密得很好，外人都不知道，阿照当然也不知道，她以为冬坡君是个优秀的单身青年。阿照和冬坡的感情进展也很快，去年冬天，两个人也好上了。听到这里，估计你肯定会以为冬坡是个很滥情的男人。但其实我了解他，他为人内向、胆小怕事，一遇到性格强势的女人，就只会唯唯诺诺、畏畏缩缩。他也意识到自己这样同时跟两个女人维持恋爱关系不对，但又没有勇气对她们坦白，就索性想着能拖一天是一天了……"

"天底下还有这样的好事啊？"

"哪有这样的好事啊？去年年底，事情就爆发了。冬天来了，本来就易患感冒，冬坡的母亲就不幸病倒了，从冬至开始病倒在床，一直在家躺了好几天。染吉和阿照都以冬坡的女朋友自居，眼见着未来婆婆病倒，正是她们要过来表孝心的最佳时机，于是两个人在冬坡家探病的时候就这么撞上了。染吉毕竟是个经历过风月场的女人，这种事，她一下子就看明白了——阿照和冬坡之间肯定有事儿。于是她怒目瞪着阿照，阿照也不甘示弱地回视。这种场合，想想就知道该有多尴尬了。虽然碍于冬坡的母亲还病倒在床，两个年轻女子没有当面撕起来，但两人之间早已做下仇。"

"要说她们两个，可真是不相上下。阿照年轻貌美，家里经营餐馆也有了一些家底，在家境这一块，完全就能够将染吉比下去，但阿照的弱点就是跛脚，这对于年轻女子来说多少算是一个缺陷吧。染吉年龄大一些，她比冬坡还要大几岁，又是在风月场上经历过一番的，但她体貌健全，也不是全无优势。总体来说，两人也算是旗鼓相当。但越是这样，就越是难分上下，两人之间的竞争就越激烈。

"过年前的这段时间，对于餐馆和艺伎来说都是一年里生意最好的月份，所以即使竞争再激烈，两人也不能全然把精力放在彼此身上，该做的生意还是要继续做。也因此，那段时间里，情况还算稍微可控。但等过了年以后，生意淡了下来，两个年轻女人之间的矛盾就越来越深。今天阿照来找冬坡，让他跟染吉分开。明天染吉就过来，让冬坡只跟自己在一起。冬坡作为一个软弱的男人，夹杂在两个强势的女人之间，简直是头都要炸了。我知道这些事后，才理解为什么往常热衷俳句聚会的他，过年后竟然连一场都没参加过。两个女人之间的战争就已经消耗了他全部的精力。"

我看野童先生装得一副自己之前完全不知情的样子，忍不住开口回了他一句，道："前天你不是还说冬坡去牟天祠参拜是有理由的吗？你怎么会完全不知情？"

野童先生很明显地紧张了起来。我看着他的样子，心里知道，他一定早就知道冬坡的情事了。但眼下最关键的不是追究这个，于是我又把话题拉了回来："好吧，你还是跟我说说，冬坡三人后来又发生了什么吧？"

"染吉和阿照两个女人就这样对冬坡各自施展手段，威逼利诱。但你也知道，女人毕竟是很迷信的，于是她俩不约而同地想到去祈求神灵，让神来保佑自己的这段感情不受第三者打扰。但是后来，染吉不知道从哪里听说了一个关于牟天祠的传说。传闻牟天神生性易妒，去祈求并不会如愿，反而会遭遇牟天神的恶意破坏。染吉相信了传说，从二十号开始就停止了每天夜里去牟天祠参拜。阿照后来也得知了关于牟天祠的传说，三四天后也停止了参拜。但神奇的是，就在二十五号晚上，染吉和阿照竟然做起了一个同样的梦……"

"同样的梦？"我纳闷道，"这也太奇怪了。"

野童先生也抱着迟疑的神情说道："确实很神奇……冬坡自己都不敢相信。两个不同的人怎么可能在同样的时间做了一个一模一样的梦呢，这完全不可能啊！但是她们分别描述的梦境，确实一模一样。在梦里，牟天神出现，告诉她们在牟天祠附近的柳树根部埋着一面神奇的古镜，谁能找到这面古镜，古镜就可以帮她实现一个愿望。这对正处于三角恋情中的两名年轻女子来说吸引力太大了。

染吉的行动力更强一些，做梦后第二天晚上，她接待完客人就去找冬坡，让冬坡陪她一起去牟天祠附近的柳树根部去找那面古镜。冬坡无可奈何之下只能陪着她去了。他们两人正在柳树下挖古镜之时，你我二人就正好经过，因为我们从道路上走到柳树下也有一段时间，染吉就趁着这个空当躲到祠堂后面，还为了更好地掩护自己不被我们发现，熄灭了祠堂旁边的长明灯。而当时天色已深，又没有照明的灯，我们果然就没有发现染吉，只认出冬坡一个人。我们带着冬坡离开后，染吉又回到大柳树下，还执着地想着要挖出那面古镜。但之前冬坡情急之下，没想那么多就把挖树根的小铲子也一起带走了。没有了工具，染吉也不能徒手挖土，只能含恨离开。”

听到这里，我有些纳闷。既然阿照和染吉做了同样的梦，她作为一个想争夺冬坡的年轻女子，自然也应该无法抵挡古镜的诱惑才对。

于是，我问野童先生：“怎么，难道阿照没有去挖柳树根吗？”

“阿照当晚并没有去，至于是什么原因导致没有去，就不得而知了。我猜可能她家里那天生意比较忙，所以才脱不开身。但是昨晚，也就是染吉和冬坡挖柳树根后的第二天，阿照也拖着冬坡去挖柳树根了。冬坡之前已经挖过一次了，自然不再信这种无所谓的梦，于是就好说歹说，想要让阿照不要相信这种完全不可能的事。

但阿照性格倔强，就一个人去挖柳树根了。你别说，阿照还真的在第二棵大柳树根部挖出了一面古镜。"

"啊？还真的有挖到古镜？"我吃惊地直起身子，问道。

野童小声地回应道："就真的被她挖出了一面古镜啊！这事儿可真的是……但是阿照刚挖出镜子，染吉也来了。原来她也没抵挡住古镜的诱惑，想要再来挖一次。两人撞见后，都吃了一惊。两名女子都有一些心机，谁也没有告诉对方自己大晚上来这里的目的，就随便虚伪地扯了一些话。但眼尖的染吉发现阿照一直想用衣袖掩饰的秘密——那面古镜！也只能说阿照还是年轻缺少经验，只知道把古镜掩饰起来，却没有像染吉前一天晚上那样干脆利落地熄灭长明灯，所以被染吉发现了。染吉来这里就是想要挖出神秘古镜的，发现阿照手里有镜子，自然不肯善罢甘休，想要看个清楚。但阿照知道古镜的神秘和珍贵，又怎么可能答应？一来二去，两个年轻女人就当面吵了起来。染吉年纪大一些，力气也大一些，阿照本身就有跛脚，经验也欠缺，一番争夺后，镜子最终还是被染吉抢到了手里。但是阿照也不是个肯吃亏的性格，自然不依不饶地想要抢回镜子，你争我夺之下，染吉举起镜子砸向了阿照的额头，还趁机用力将阿照推进池塘里，然后撒腿就跑。当然，因为阿照已经死去，这些事情经过，只不过是染吉的片面之词而已。"

原来阿照额头的伤来自一面古镜，这确实有些超出我的意料。在我之前的推测里，那应该是撞到冰块上留下的伤痕。

我专门跟野童先生确认道："染吉把阿照推进池塘，然后就逃离了？"

"染吉原话就是这么说的。现在这个天气，池塘边上早都结了一层厚厚的冰，即使推进池塘里，也不太容易被淹死。但阿照的尸体最后是在池塘中央被发现的，这就很难理解了。到底是染吉把阿照推到池塘中央后才离开的，还是真的像她声称的那样，只把阿照推到池塘边上就离开了，然后阿照自己误打误撞地到了池塘中央，没想到那边的冰比较薄，就这样没了性命？事实真相如何，现在很难说清，毕竟事发时我们谁都没有在现场。但不管是哪种情况，阿照的死，跟染吉都是脱不了关系的。她现在也知道自己在劫难逃了。"

"那染吉有想过下一步怎么办吗？她会直接来自首吗？"

"哎。"野童先生一边皱起眉头，一边叹了口气，"女人家就是这点麻烦，不懂律法，今天还特意约冬坡去寺庙附近，想拉着他一起私奔去北海道呢。"

"冬坡现在人在哪儿？"

"为了怕再被染吉缠着闹私奔，我让他暂时住在我家里，希望能躲得过去。"

"我现在去把染吉找出来审问。你在我这里也待了一段时间，万一冬坡趁你不在家，再跟染吉私奔那事情就更加麻烦了。我看要不然你还是先回家一趟吧。"

就这样，我穿上警察制服出了门，和野童先生兵分两路。此时，外面的风雪变得更大，走路时想睁开眼睛都很费劲，但我还是为了确保流程合规，先冒着风雪赶到警察局里，开了一份对染吉的逮捕令，然后出发去逮捕染吉。但是她今天下午并没有回到平时的住处，我担心她会坐火车潜逃，又赶到火车站，但一番打听下来，也没有发现她乘坐过火车离开。

正当一筹莫展之际，我突然想起了牟天祠，连忙向那边赶去。

没想到，最糟糕的事情真的发生了。像阿照一样，染吉的尸体浮现在牟天祠池塘中央。她的尸体湿漉漉的，双手交叉，紧紧抱着一面古镜。看样子，她应该是觉得跟冬坡私奔无望，又害怕律法的惩治，就选择跟阿照一样的死法来了结自己年轻的生命。其实，就算她之前真的说了假话，就算她真的把阿照推进池塘中央，也不一定真的会被处以死刑。

我后来仔细检查了那面古镜，看上去是普普通通的青铜镜，只是背面刻有一对鸳鸯。我知道自己不懂这些古物，还专门找了鉴宝专家。专家鉴定后，说这面古镜应该是中国汉朝时期的古董，距今已经有两千多年历史。至于这面古镜是何时被何人带到日本，又怎么会埋在牟天祠旁的柳树下，就不得而知了。

整件事情中，最令人觉得不可思议的，便是年轻的阿照和染吉竟然会在同一天晚上做了同一个关于古镜的梦。这件事被传开后，所有的艺伎都说她们两个人是因为去牟天祠参拜才命丧黄泉的。其实事实真相到底是否与牟天祠有关，谁都不知道，但牟天祠不祥的传闻却已经在当地人心里根深蒂固。而背后刻有鸳鸯的那面古镜，则被赋予了更多的深意。

作为这段三角恋情中唯一幸存的冬坡，自然也受到了当地人的唾弃。因自知无法在镇上继续待下去，冬坡就搬到几公里外的一个村子里生活。而之后，他的生活似乎也很平淡，并没有什么特别的事情发生。

2

钟之渊

这个故事来自I君。以下是I君口述。

我有一个朋友叫大原。他家住在北海道，做罐头生意，经营得很是红火。但是他祖上名为右之助，是辅佐将军的幕僚。右之助据说原名右马之助，后来省略了中间的"马"字，改为右之助，其后代也一直沿用了下去。大原右之助当时辅佐的是德川八代将军吉宗，他曾在家书中记录了一个故事。各个家族自己的家书中所记载的故事其实有颇多疑点，有些并非真人真事，但是大原家的家书中明确写道，这件事是真实发生过的。我也是从朋友大原那里听来的，在这里就转述给大家听，可能有些细节不一定完全准确，大家就听个大概吧。

下面我正式开始今天的故事。

享保十一年，八代将军吉宗去小金原打猎，还曾到隅田川一带游玩。我这个人对历史地理这些一向不太了解，只是听说在二代将军就任时，隅田川一带就被划分为将军的猎鹰场，还大兴土木在附近建造了隅田川宫殿，供将军狩猎时休息用。后来到了五代将军纲吉时期，因为他不喜欢杀生，就命人把隅田川宫殿拆毁，从那以后将军的休息地就改为附近的木母寺和弘福寺。但是在大原家书的记载中，在宽保二年以前，将军休息处一直是木母寺，之后才改为弘福寺。今天要讲的这个故事发生在享保年代，在这时将军还是在木母寺休息的。

关于这些事情的真相，我也不想去做过多的考究，大家就先知道这么一回事儿，我们还是快点讲讲这个故事吧。总之，故事发生在那一年的农历四月底的一天。

当时进入初夏，天高气朗，连上游的筑波山都显得格外翠绿。在树林中隐藏着一个小小的茶馆，将军和几名亲近的随从偶尔到此来小憩，随行大部队一般在木母寺休息。

大原右之助当时二十出头，是将军随行部队的一员，在护卫队任职。那天吃完午饭后，他和几名同事就到梅若塚一带散步消食，遇到了专程来找他的将军亲信山下三右卫门队长与护卫队组长。

组长先开口道："大原，将军命令你去完成一项任务，你马上就去准备。"

大原严肃地回答道："遵命。请问是什么任务？"

山下队长跟他确认道："你游泳好吗？"

"略懂一些。"大原回道。

虽然嘴上回答得谦虚，但其实游泳是大原的强项。当然，在当时的护卫队里，不只他一个人，几乎每一个人都擅长游泳。这主要是因为之前发生过的一件事情，大家也是受了影响。吉宗将军刚上任没多久时曾经到隅田川打猎，当时将军的猎鹰逮住了一只肥硕的鸭子，但因为鸭子体形太大，最后竟然把猎鹰拉到了河里。随行的部队一直看着事态发展，却没能有一个人敢跳下河去把猎鹰救回。正在这时，一名叫作坂七的护卫勇往直前，穿着护卫装就一个猛子扎进了河里。不一会儿，坂七就从河里把猎鹰和鸭子都捞了回来，也因此受到了将军的大大表扬。回城路上，还发生了一件事。吉宗将军路过一个农家房屋时，看到屋子前堆了很多袋米，感到很纳闷，就让人去打听清楚，这些米到底是准备上缴农税的还是自家的口粮。将军有令，随行的人自然很快就打听清楚，原来这些米并非是农户自家的囤积粮食，而是想要献给当地的政府官依奈半左卫门的。将军了解清楚后，就直接做主，将这些米赏赐给刚刚表现出色的坂七。这些米可不是一笔小数，据说足足有四百袋之多。坂七凭借出色的泳技立下大功，不仅获得将军的青睐，还得到这么多的好处，自然让其他的护卫产生羡慕之情。于是护卫队里人人都苦练游泳，期待着有朝一日能够有所表现。

我相信在座的各位一定都很清楚，八代将军吉宗出身于纪州，后来才到江户任职，纪州那边靠海，将军自己年轻时就经常在海里游泳。到江户任职后，他发现这边的护卫队员几乎都不会游泳，将军本来就感到头疼，借此机会，他不仅大肆奖励坂七，还在护卫队里鼓励大家练习游泳。

游泳本来就是武士必修课之一，万万不能成为短板。为了提高大家的学习热情，将军还决定每年六月在浅草驹形堂的隅田川举办护卫游泳大赛。这样一来，大家伙学习游泳的热情就更高涨了。

早些年，每年夏天苦练游泳是武士们的必修课，吉宗将军现在不过是又将其恢复而已。护卫队员学习游泳的热情不只单纯出于自发，当然也受将军后来颁布的不会游泳就没资格进护卫队这一命令影响。从那以后，护卫队里人人都会游泳，还不乏游泳健将，而大原右之助在强将频出的护卫队里也是数一数二的。

除了大原右之助外，护卫队里还有两个游泳健将，一人叫三上治太郎，另一人叫福井文吾。在去年夏天的游泳大赛里，他们三人能够在隅田川里一边游泳一边削西瓜皮和甜瓜皮，可见其泳技高超。而大原右之助甚至还表演了一番在水里一边游泳，一边创作和歌，更是非常了得。福井也不甘示弱，穿着祖传的厚重盔甲，佩戴着头盔和长刀，还能在水里自由地游来游去。

可以说，这三个游泳健将的名声早已传出去了，将军的随行部队里几乎无人不知无人不晓。山下队长自然不可能不知道，特意专门一问，想必是因为事关重大，大原右之助也是明白个中道理，才谨慎地回道"略懂一些"。

山下队长又去找了福井和三上，也很谨慎地分别和两人确认泳技，然后才说出具体命令："将军等一下还会给你们更具体布置任务，我这里只是先铺垫一下，让你们心里也有个底——将军想派你们去找钟之渊里的钟。"

"领命。"三个人彼此看了下，异口同声地回道。

关于这个钟还有一段故事，我在这里简单讲一下。据说在丰岛郡石滨有一座普门寺，当时普门寺因事需要搬迁到龟户村，寺庙里的人把家当收拾好，登上了一艘船，准备开往新住处。谁知道，船在行驶过程中不小心把寺庙里的警钟丢在了水里，后来也没有打捞上来。钟沉下去的那块水域，就被后人称为钟之渊。在《江户砂子》一书中也有记载过类似的故事，大致是说某个寺庙的钟楼突然倒塌，挂钟也深沉于水底。在这里，我们不必纠结到底沉入水的是警钟还是挂钟，反正就只需要知道，这里之前出过类似这样的一件事，之后才被命名为钟之渊就可以了。

也不知道吉宗将军是突然听到这个传说来了兴致，还是早就听说过这件事，所以才专程过来。总之，既然将军想要验证这一段传说，几人也只能听命。幸好当天天气不错，风平浪静，这种天气适合下水探险。故此，吉宗将军才挑了这么一个日子，寻找几名游泳健将潜到水底。

护卫队人数众多，强兵猛将不少，大原三人能被将军选中担当探险先锋，这也让三人倍感荣幸。只是这次是去探险，跟以往在熟悉的水域进行练习和比赛相比，风险也增加了不少，所以三人也不是没有过犹豫。

钟之渊的传说由来已久，一直都不缺乏有勇气的人去探险，但不管去了多少人，最后都没有人能成功将其打捞上来。后来人们也只能说那钟现在被水神收走了，不要试图去从水神手里抢东西了云云。更有人说，水底下有神兽——一只青色的猿猴王。当然，这些谣言都没能得到证实，但三个人心里也多少有些忐忑。他们虽然都是年轻人，但毕竟都是习武之人，又担任将军的护卫，遵循将军的命令去做事，哪怕赴汤蹈火都在所不惜。因此，虽然他们都有短暂的犹豫，但一番心理建设之后，三人还是义无反顾地下山了。

组长又再次叮嘱道："这次的任务非常重要，你们一定要拼尽全力。"

"是！遵命！"三人颇有气势地回道。

三个人跟着队长和组长下山后，来到了被杜鹃花包围着的茶馆里参见将军，到了以后他们发现，将军也不复以往的装扮，而是换了一身干练的装束。将军又将这次任务单独跟他们交代一番，果然跟队长之前交代的基本一致：这次探险，是为了打捞钟。

三个人在将军面前表过态，一定要使命必达后，回到自己暂时居住的木母寺去做战前准备。整个护卫队这次只有他们三人被将军选中去执行特殊任务，故此组长和其他护卫都纷纷过来帮忙。大家七嘴八舌地开始讨论起具体怎么打捞钟的事情。

首先要解决的就是谁先下水。是三个人一起下水，还是一个人一个人地下水呢？

水下的情况是怎样的，大家都一无所知。但根据传闻可知，水下一定是有危险的。因此三个人如果一起下水，虽然顾全了兄弟义气，但要真的遇到什么事，三个人都有风险，这种做法不太可取。但如果挨个依次下水，第一个下水的很明显要冒着更大的风险，在这种时候，安排谁第一个下水都不太好了。但从另一方面考虑，第一个下水的人如果顺利把钟捞上来，也可能会取得头功。正所谓富贵险中求，三人都想做第一个打头阵的人。

三人一直争论不休，组长劝阻也未成功，最后还是组长拍板做了决定：按照年龄顺序依此下水。三上治太郎今年二十五岁，第一个下水；大原右之助今年二十二岁，第二个下水；福井文吾年龄最小，二十岁的他最后一个下水。

既然组长已经拍板，三人也只能接受了。

之后，三人就和随行的观战团一起出发。到了河边时，吉宗将军早已经坐在板凳上等候了。将军没有说话，一直望向水面，大家也只能站在后面一起观望。当时的河堤不比现在，砌得非常矮小，隅田川流到这里后汇聚成一个深深的水潭，正中间的波浪还带起了一个深色的水涡。再加上大家都听过关于钟之渊的传说，看着如此景色，一时间，心情都有所触动。

三人都穿好泳衣，背上绑着长刀，头上戴着白色的抹额，做好下水的准备。其他护卫为了以防万一，也都做好了下水准备。右之助三人向将军行礼参拜，恭敬地等候命令。山下三右卫门队长将手中的扇子举高——这象征着命令，三上治太郎接到号令后，第一时间就飞快地跳进水里。

河水异常浑浊，聚集的漩涡几乎是瞬间就把他吞没了。岸上的人都很紧张地等待着，过了一会儿，三上从水里露出头来。他不顾脸上还滴着水，大声汇报道："底下什么都没发现。"

队长不放心，再次问道："你在底下什么都没看到吗？"

"是的。"三上回复道。

三上上岸后，大原右之助又再次下水。虽然已经从三上嘴里知道水下什么都没有，但队长觉得，既然已经甄选出三名游泳健将，只让一个人下水，不让另外两个下水也不好，于是决定还是让他们再下去勘察一番。

当地的人说，天气好的时候，从河堤上都能一眼看穿河底。今天的天气不算差，太阳高照，但真的潜入水底后，右之助发现，四周立刻变暗，水也变得浑浊了起来。但他对自己的游泳技巧非常自信，于是义无反顾地继续往深处下探。潜入越深处，光线也越来越暗，右之助还得费力扫开阻挡前行的水藻。终于，他在水底深处发现有一个东西在发光。他马上就想靠近，然后发现那发光的东西实则是一条体形庞大的鱼的双眼。等他离大鱼更近时，鱼嘴却突然张开朝他袭来。紧张之下，他刚准备拔刀砍死鱼，但却转念一想：有没有可能这条大得异常的鱼，就是当地人所说的水神？如果一不小心杀死了水神，那今天就算白下水了，总不能拿一条死鱼去跟将军邀功吧？古有金太郎抱鲤鱼，自己今天怎么就不能活捉这条大鱼呢？就算再厉害，也不过是一条鱼罢了，还能难住自己？于是，他就抱了活捉大鱼的心思。

他调转身形，准备从侧面包抄。没想到大鱼似乎洞察了他的心思，尾巴一甩也调转了方向。而右之助一个不小心，腹部一侧被鱼尾刮伤了。大鱼趁着右之助抱腹疼痛难忍之际，灵活地躲进水藻里，然后向远方游去。右之助虽然受了伤，但想立功的心情却丝毫没变，忍痛继续追击，但附近的水藻实在是太碍事了，他一不小心就被缠住，速度受到了很大的影响。他只能拔出背刀，朝缠绕自己的水藻胡乱砍去。谁知道，这些水藻似乎无穷无尽，刚砍完没追几步，右之助又被缠上，怎么砍都砍不完。而且他悲摧地发现，水底传来一波巨浪，大量的水藻随着波浪在水底摆动，似乎在向他彰显自己的力量。这下，右之助可真的感到害怕了，他果断做出放弃的决定，这次的功劳不要也罢！

　　他没有继续跟水藻纠缠，而是飞快地往上划动。等他好不容易上岸后，马上把水底发生的事一五一十地跟将军和其他人汇报。

　　"我潜到很深的地方，那里有很多很多水藻，不过我并没有发现任何跟钟类似的东西，而是遇到了一条体形庞大的鱼。我想活捉它，就跟它斗争了很久，但最后还是被它借着地形优势趁机逃跑了。你们看，我的腹部还受到了鱼尾的重击。"

　　出于某种心思，右之助并没有把自己当时是因为害怕才没有继续追击大鱼的事情说出来，不过这也情有可原。

众人对此丝毫没有怀疑，毕竟透过他腹部的伤痕就能想象得出，刚才在水底的斗争有多激烈。

之后，最后一名游泳健将福井文吾开始下水。但他上岸时，却带来与前面两人不一样的消息："我在水底下看见一个钟！钟的外面被水藻缠绕得很紧，所以我也不知道那钟到底有多大。钟上好像还有一个龙头，龙头上有一个挂钩之类的什么东西在发光。"

吉宗将军非常高兴。福井文吾作为唯一一个看到钟的人，这次自然是立了大功，也受到了将军的表扬。

"福井文吾，这次真是多亏有你。既然在水底发现了沉钟，那我们也不能让它一直在水底孤零零地待着，找个合适的时间，咱们去把它捞上岸，也让它重回世间。"

要想把水底的东西打捞上来，可没那么简单，必须要做好充足的准备。吉宗将军就算再心急，也知道这不是一时儿半会儿就能做到的事情。但今天发现了钟，就已经是很不错的成绩了，于是吉宗将军宣布所有人返程。

大家兵分两路，护卫队们回到木母寺休息，将军自己则带着几个贴身的人回到茶馆里休息。这次行动能够有所收获，不仅将军开心，组长也很开心，回去之后，他对三人大加表扬，表示今天三人都做得很好，被重点表扬的当然是福井了。

其他没有立功的护卫也都很羡慕福井。他们好奇地围住福井，想听听他讲讲水下的事儿，比如那个钟有多大、具体在什么地方、钟附近的环境是什么情况，诸如此类。福井把水下的经历耐心地讲给大家听。

整个护卫队都很热闹，唯独三上治太郎和大原右之助两个人沉默无语。他们两个作为今天先下水的人，却无功而返，自然是觉得很丢人。三上治太郎年纪最长，出身也好，平时很要面子，这下被一个年龄和资历都不如自己的福井抢了功劳，心里很是落寞。

他把大原右之助叫到外面的树荫下，偷偷地说："你说，福井真的在水底下看到钟了吗？"

三上这一问，问出了右之助的疑惑。刚才得知福井发现水底的钟后，他就开始后悔，后悔自己当时被大鱼伤到腹部，后悔自己见到巨浪和水藻时有些胆怯，并没有在水底仔细勘察。如果当时他能看得更仔细一些的话，功劳就不会被福井抢去了。但是他回想自己在水底的过程，又觉得不可置信。如果真的有钟，自己不可能一点印象都没有。所以，他既后悔自己没有勘察仔细，又不知道该不该相信福井的话，更加不知道要怎么回答三上的问题。

三上看右之助沉默片刻，又接着小声地说道："我觉得这事儿有点怪。你想，我先下去的，我什么都没看到；紧接着你也潜入水底，同样没有发现钟；如果我们两个都没发现，怎么福井却看到了？你说，有没有可能是他年纪小，没看仔细，但立功心切，就说自己看到了呢？你还记得他刚才说，他看到隐藏在水藻里的钟身上有东西在闪闪发光，有没有可能跟你一样，又碰到了那条大鱼？他以为是钟身上有东西在发光，其实他只是看到了大鱼的眼睛？"

大原点点头，三上的话也让他觉得有道理，福井的说辞似乎没那么坚不可破。

三上又猜测道："又或者，他其实是遇到了乌龟？你知道吗，乌龟很长寿的，一些老龟的龟壳上甚至会长青苔和水藻。我们都知道，水底下那么暗，他是很有可能把乌龟当成龙头的。"

右之助对三上的说法多少有些认同，他叹了口气，说道："要是福井认错了，那这事儿可就麻烦了。"

三上也严肃地皱起眉："是的，确实麻烦。"

福井当着吉宗将军的面说在水底下发现了钟，等过几天将军派人打捞时却什么都没有发现，那到时候将军可不会轻易放过他。别看将军现在表扬他，到时候发现他说谎，那事情可就大了，闭门思过都算是轻的。万一将军追究下来，切腹自尽都是有可能的。将军或许仁慈，不会判他切腹行刑，但难免福井不会因为年纪小承受不了非议而主动自尽。真要那样的话，整个护卫队从组长到其他护卫，有一个算一个，谁也跑不了，大家都得为这件事背锅。

右之助和三上一想到打捞失败可能产生的严重后果时，心情就都很忐忑。

右之助觉得三上的担忧非常可以理解，虽然表面上是福井一个人眼花看错了，但事发时，整个护卫队都要跟着一起承担连带责任。但是这事儿从其他任何人嘴里说出来都可以，就是不能从他们两人嘴里说出，别人保不准以为他们是在嫉妒福井。

三上一直追问右之助，想要问问他的想法，说："这事儿确实得提前谋划谋划，不能草率行事，我看我们两个先去找组长，看他听完是个什么说法吧。"

右之助勉为其难地答应了，但其实脑子里还在不停地质疑这种做法是否真的有意义。

说实话，福井此前在吉宗将军面前说得信誓旦旦的，已经犯下了过错。就算现在先去承认是眼花看错了，也一定难辞其咎，只不过是罪名能稍微轻一点罢了。毕竟等到兴师动众地去打捞时才发现水底没有钟，那可就更难收场了。

于是他跟三上说："如果福井真的看错，那么这一事实迟早都要被揭穿，就算我们现在去汇报，也拯救不了他，同样也拯救不了护卫队的名声。我看要不然你也再想想，现在去找组长，还有意义吗？"

三上却有不同的看法，他说道："我承认你说得对，怎么都是错，但是如果我们知错却不汇报，那不是错上加错了吗？如果你实在不愿意跟我一起去找组长，我就自己一个人去！"

大原被三上这一激将法给刺激了，自然也不好意思做唯唯诺诺的小人。于是，他答应与三上一起汇报。

两个人先偷偷把组长叫到树荫处，然后三上把他们的想法跟组长讲了一遍。组长听完后，脸色立刻大变。虽然现在还不知道福井到底有没有说谎，或者是有没有眼花看错，但只要有一丁点虚报的可能，这个后果就不堪设想。

一时间，组长心思凝重，也没有想到什么好的解决办法，就决定把福井叫出来，先好好盘问一番，先了解清楚水底下到底有没有钟。

"福井，你现在认真回答我，之前在水底下到底有没有看到钟？"

"我看见了。"福井回道。

"你不要着急回答，想仔细想清楚。这件事事关重大，如果看错了，牵涉的可不只有你一个，我们整个护卫队都会跟你一起遭殃。"

"我真的看见了。"福井再次确认道。

"水底下有可能有鱼和乌龟，你有没有可能是眼花看错了？要不然，你再仔细回忆回忆？"组长还是不放心地提醒福井道。

"我没有眼花，看到的就是钟。"

组长一连追问了几次，福井都坚持自己没有眼花，也没有把其他生物错认成钟，确确实实地看到了钟。

他这样坚持，倒让组长没了主见。于是，组长把躲在一旁的三上和右之助叫过来，说道："我刚刚问过福井，他说确实在水底下看到了钟。你们两个也下水了，我现在要弄明白一件事，你们是真的在水底什么都没有看到吗？"

三上马上回道："我什么都没有看到。"

右之助回道："我看到的也都说过了。我遇到一条大鱼和许多水藻，但是没有看见过任何看起来像钟的东西。"

组长开始头疼了起来。这三人现在所说的和之前他们在吉宗将军面前说的一模一样。当然，他们应该也没胆子在将军面前说谎，说的应该都是自己看到的事实。可是为什么三个人看到的东西会完全不一样呢？两个年纪大、行事更加稳重的三上和右之助都没有看到钟，只有年纪最小的福井看到了，这让他心里更加没底。但是，现在也不能单凭这点就认定福井撒谎。

无奈之下，他只能让三人先回去休息，说完自己先行离开了。事情到了这一步，也只能听天由命了。

组长离开后，三上质问福井道：“你刚刚是不是故意在组长面前坚持原来说法的？我就不相信你真的看见了。”

福井振振有词道：“我在将军面前都是怎么说的，在组长面前自然也是这么说。我为什么要改变说法？”

三上担心福井是在逞强，就提醒他道：“即使你在将军面前说看到了钟，也可以把事情真相告诉组长的。毕竟这事非同小可，如果你一直嘴犟，最后对你也没有好处。”

三上这话，在有的人听来可能是出于好意，因为他在提醒福井这个年轻人，不要一步错步步错。但在年轻气盛的福井耳朵里，就变成了三上嫉妒他在将军面前立了功，不想承认自己的无能。

于是福井提高了嗓门，怒气冲冲地说：“我看见了啊，看见了当然就要如实说。”

“哟，真的吗？”三上故意问道。

两个人还在不停地争吵，木母寺的报时钟已经敲响，已经到了晚上七点了，吉宗将军要回去休息了。三上、右之助和福井连忙同其他人一起集合，然后护送将军回程。

等到忙完护送任务下班后，天已经黑了，右之助回到下谷御徒町的护卫队宿舍休息。回宿舍后，他先去洗了个澡，正想好好休息时，发现腹部到胸部那一整块地方都开始疼。白天因为任务在身，一时倒也没觉得被大鱼鱼尾甩过的地方有多疼，但回到家休息后他才发现，他的腹部伤势不轻。右之助觉得自己好像有点发烧，就赶紧上床休息。家人看他连晚饭都没吃，担心他伤势严重，想要出门请医生过来看看，可是却被他拒绝了。右之助是名武士，他觉得这点小伤睡一觉就会好的，因此虽然疼痛难忍，可他并没有太当回事。

右之助还没有睡着，三上治太郎就前来拜访，嘴里嚷嚷道："我还是不相信我们都没看到钟，唯独福井看到了。我想着晚上再去水底下看一次，我要证明这个小子是在说谎。你觉得怎么样，要不要一起去？"

右之助看他想要再潜入水底一次来证明福井是在说谎，就连忙阻拦道："三上，我觉得没必要再潜一次水。而且现在是大半夜的，水底下本来就光线很暗，晚上就更看不到了，你去了也没用的。如果你真要去，我也不拦你，但好歹也得等到白天。这黑灯瞎火的，水底下多危险，你总不能为了证明福井在说谎，而不顾自己的性命了吧？"

三上说道："不行，我忍不了了。我一定要去，而且现在就要去。我就不相信我没看见的东西，福井却看见了，所以我一定要去看个究竟。如果真的是我白天疏忽没看到，我也认了。但不管怎样，我都一定要去弄个水落石出的，不然我心里真的是一直纠结，睡也睡不着。你就不用再劝我了，我来不是为了让你劝我的，而是想问你你要不要一起去。"

右之助眼见三上心意已决，只能说道："我白天被那条大鱼弄伤了，之前还不觉得有多疼，回到家里发现还挺严重的，所以才没吃饭就先上床休息，今晚实在是不方便陪你同去了。"

"那就罢了，你好好休息，我自己去了。"三上说道。

右之助最后一次尝试劝阻道："可以不要这么心急，改天再去吗？"

三上坚持说道："不行，就得今晚。"

三上说完就离开了，右之助自己身体疼痛难忍，也顾不得操心他。后半夜，右之助实在熬不住了，家人出去请了医生。

要说右之助这次可真病得不轻，腹部和胸部等被鱼尾扫过的地方都变得又红又肿，而且伤口处像是被火烧一样难受，整个人也一直发烧。医生开过药后，家人仔细地照顾他，他连续卧床休养了三天，症状才有所缓解。直到五六天后，右之助才真正清醒过来。家人连忙端来粥给他吃，右之助这时已经有点力气，可以自己在床上坐着端着碗喝粥了。

右之助家里人看他身体慢慢好起来了，才把三上的事情讲给他听。之前，看他病重怕打扰他养病，家人根本不敢在他面前提及一句。

原来，那天晚上三上来右之助家之后就离开了，当天晚上彻夜未归。第二天早上，有人在钟之渊发现了两个男人的尸体。经过辨认后，其中一名男子正是三上。他的穿着打扮和前一天晚上到右之助家时一模一样：赤裸着上身，穿着短裤，背上背着一把长刀。而另一名死者，却是福井。他也和三上一样，背上背着一把长刀。据说，两个人的尸体还在互相纠缠，可见生前也有过一番争斗。

福井的家人也证实，福井那天在家里吃过晚饭，又一个人出去了。家里人本来以为他是出门找朋友闲谈，不一会儿就会回来，没想到他会彻夜不归。更没想到第二天，等来的却是他的尸体。

右之助知道三上为什么去钟之渊，至于福井为什么会去钟之渊，他就不甚了解了。但他了解的信息已经属于比较多的了，其他人对两人去钟之渊的原因更是一无所知。看他们临死前的衣着，估计都是特意为了潜入水底准备的。三上是为了确认白天自己有没有疏忽，水底下是不是真的有钟。那福井又是为什么要再一次潜入水底呢？他之前还一副信誓旦旦坚信自己没看错的样子。

因为人已经死去，众人无法得知真实原因，只能推测，他可能是回到家后，心里有些忐忑，所以打算再去一探究竟。虽然白天跟三上和右之助等人说的时候很有信心，但仔细想过之后，自己心里也不是特别有底，就准备潜入水底再次确认一下才能心安。

两个人很巧合地都在夜里来这里准备下水，又很巧合地撞见了彼此，只是之后又发生了什么事，不得而知。众人推测，他们可能是先吵一架，然后发现谁也说服不了谁，就决定潜入水底寻找证据。

两人死前的经历大致如此，也算是合情合理。只不过，有的人还是纠结在水底下到底有没有钟。有的人说一定有，三上是因为自己年纪大，在将军面前没有比得过年纪小的福井，就心生嫉妒，在水底找机会把福井杀了，然后自己不小心也送了命；有的人则坚持说水底下没有钟，福井知道自己之前在吉宗将军面前说了谎，一定没有好果子吃，恼羞成怒之下就杀了一直盯着自己不放的三上，然后也选择自尽来谢罪。

持有不同观点的两方人群七嘴八舌地争论不休，只是始终讨论不出一个结果。但从两人的死状来看，一定有一方的说法是接近事实的。事情也只有两种可能：要么是水底下有钟，三上杀了福井；要么是水底下没钟，福井杀了三上。最后，在水底下争斗个不休的两人，纷纷丧命。

一个月后，右之助的病才真正养好，等他归队后，有护卫偷偷跟他说："右之助，你这次可真是走运啊，之前说要打捞钟一定是惊动了水神，别人都说三上和福井是被水神带走的啊，现在将军好像也不再提要打捞钟的事儿了。"

八代将军吉宗一向以英明神武而闻名于世，他最后也没有派人去钟之渊打捞。大原家书上的记载的原话是："将军仔细考虑过，决定放弃打捞行动。"

至于吉宗将军本人到底是不是因为害怕惹怒水神才放弃打捞行动的，就无从得知了。

# 3

一只戒指

这是K君的故事。K君在某所私立大学就读，是在场各位中年纪最小的。大正十二年发生了那场著名的关东大地震，K君当时正在飞驒高山区域度假。

下面是他的讲述。

你们知道我当时被吓成什么样子吗？大家都被吓一跳，但我可以说是被吓傻了！

那年夏天，我和两个朋友约好一起去京都游玩，顺带着还去大津玩了一圈，本来计划着待到八月二十号就启程回东京。如果当时直接回东京，就不会有后来发生的事了，但我在大津遇到位朋友，他跟我推荐飞驒非常美，值得一去，我就因此对飞驒非常向往。我跟两个朋友说要不要转道先去飞驒然后再回东京，谁知道他们都对飞驒没有兴趣。于是我就开始纠结，自己一个人去玩多少会少点乐趣，但我又确实很想去飞騨。

纠结之后，我还是在岐阜跟朋友告别，决定自己一人去飞騨游玩。去飞騨的路上当然也有一番经历，但时间有限，我还是略过这些不重要的事情，快快进入今天的主题。

我在高山待了一周后，才知道关东发生了大地震。我当时住的那个小旅馆里，包括我在内一共有五拨住客，尽管其他住客中并没有关东人，但一提起关东地震，他们都是一副很慎重的样子。当地的村民也纷纷紧张起来，这声势让我有点疑惑。我本来以为飞騨高山跟东京相隔两地，当地村民不至于这么紧张兮兮的。了解后我才知道，原来这里很多人都多少跟东京有点牵连，当地人中不少都有亲人在关东，要么是儿子在关东打工，要么是女儿嫁到关东，甚至还有一大家子大部分家族成员都住在关东的。

也难怪他们都那么紧张，不是跑到乡公所去打听地震的情况，就是守在派出所或报社门口等着第一手消息。人非草木，孰能无情，遇到亲人可能遇难这种事，任谁都不会无动于衷吧。高山区域在当时交通不便，消息传到这里不知道要多久，有些年轻人等不及甚至直接跑到岐阜去等最新消息，然后再回到村里通知大家。

这样的情况持续了五六天，这边的人才知道了地震的大体情况。有些人家不甘心一直等待，就直接跑去东京查看情况。我家也有两户亲戚住在东京，但幸好他们都是住在东京郊区，据当时传来的信息来看，郊区似乎受地震影响还不算太大。我匆匆忙忙赶过去似乎也帮不上他们什么忙，再加上在外旅行奔波了许久，我身体本来就很劳累，得知关东地震的消息后，又一直跟着提心吊胆地等了五六天，吃也没吃好，睡也没睡好，还每天都跟村民到处去打探消息，身体也快撑不住了。一想到大半个东京就这样一下子被地震摧毁了，我的心里难免会感到难受。好在现在已经摸清了地震的情况，我心里的大石头好像也一下子落了地，不过晚上还是会失眠，也吃不下什么东西。我自己觉得应该是神经衰弱吧。如果现在回东京，看到震后的一篇萧条场景，恐怕会更难受，于是我决定还是先不回东京，在高山这边多待几天。等身体稍微恢复一些，心情也平复了之后再离开。

抱着这样的想法，我在高山一直待到九月中。只不过，待得越久，我的心情就越难安静下来，因为每天都会有更加详细的信息传回来。再三考虑后，我决定还是回到东京。

我是在九月十七号那天离开的。当时从飞驒到东京有两条路线，要么是北陆线，要么是东海道线。我选择了后者，这样刚好会经过岐阜。一路走到岐阜后，我开始后悔没选择另一条路线，因为眼前这辆从关西开过来的火车早已人满为患，车上人挤人，找个落脚的地都很困难。我没有带多少行李，但即使这样一个人上路，在车厢里那段经历也简直像是经历了一场劫难，好在最后我终于到了名古屋。

在这里，我得知神奈川县有些地方已经不能通火车，只能靠走过去。没办法，我就改了主意，选择在名古屋坐中央线。我要说的这段故事就是在这时发生的。

在车上，我旁边有个男子抱怨道："这车怎么能这么挤？我都被挤成煎饼了！"他好像也是刚才在名古屋上车的。

虽然这话听上去有点夸张，但我真的是发自内心地无比赞同。好不容易挤上车，如今我们连好好站着都困难。天气又这么热，汗味和体味交杂，这滋味可真不好受。我不知道是被熏晕了还是要中暑了，整个人都已经晕乎乎的，旁边的人好像还在说着什么话，我都已经无力分辨。只有这名男子说的话我还算听得清楚，于是我跟他搭了句话："是啊，简直不是人受的罪！"

"震后你是第一次坐车吗？"

"是。"

"往北边走的路还算好，我前几天往南边走的时候，那可更遭罪啊。"

他穿着短袖的绸缎上衣，腿上戴了绑腿，脚上穿着短袜，还有一件外套被他缠腰上了。看他的打扮和刚才的话语，好像是地震后先从东京逃到南方，现在再返回东京。

于是，我问道："你是住在东京吗？"

"嗯，我住在本所。"

"天哪！"我早已经获知，本所是整个东京受灾最严重的地方，有家纺织厂里几万人都在地震中丧命。光是听到"本所"两个字我就难免会联想到很多。

"你的家人……都还好吗？"我小心翼翼地问道。

"家早已经塌了，店铺和存货也都损失了，这都是没办法的事儿。可惜我老婆、两个女儿，一个女佣和四个下人也都失踪了。"

周围其他人本来还在你挤我我挤你地努力争着活动空间，但一听到这话，也都不由自主地望向他。这辆车上的人，谁或多或少地没受到地震的影响呢？他刚刚一说到自己家里的事，也引起了周围其他乘客的注意。

其中，一个穿着窄袖浴衣的男人说道："你家是在本所？我家里住在深川，也是一样，所有家当都被毁了，连一丁点有用的东西都没剩下。唯一值得庆幸的，就是我们一家五口都活了下来。你家里八口人都还没消息吗？"

"是的。"他应了声，"地震发生时我在伊香保，初一早上正准备回东京，在路上就发生了地震，只能绕道从赤羽回去，没想到回家后却发现家破人亡，也不知道地震时是怎样的场景。我本来以为家人是去了牛込的亲戚家避难，结果到亲戚家却没发现他们的身影。我一连找了两三天，所有有可能去的地方我都找遍了，也是没结果。大津的亲戚家我也去过了，我八号那天从东京出发去大津，一路上遭过的罪无法言说。但可惜的是，我的家人也没有去那边。我又想着，有没有可能他们是去了大阪，然而还是没有。不过我也不能一直这样瞎找，就想着还是先回东京。不过，都这么些天过去了，还一点消息没有，我已经不敢抱什么希望了。"

他看似一副已经想开了的样子，我却听得很难过。不知道是不是受地震事件的影响，遇到这样故作轻松的受难者，我就更感到悲伤。

我又跟他聊了一会儿，得知他姓西田，四十五六岁，在本所是做染布生意的，家境还算富裕。他皮肤黝黑，身材健壮，看上去还是挺有精气神儿的，手上还戴着一块金表。他告诉我，他太太今年四十一岁，大女儿十九岁，小女儿十六岁。

"一切都是命，不信都没办法。这场地震过去，整个东京死了几万人，我们又能有什么办法？"

他似乎真的是死了心，而不只是在别人面前故作洒脱。但我知道，这都是因为在一次次失望打击之下，麻木了而已。但他的心态还算乐观，没有怨天尤人。不知道是因为我们两个离得近，还是比较投缘，他跟我聊了很多。我不是个善谈的人，但也知道面对他这种遭遇的人，怎么都要说几句话来宽慰他，就一直陪他聊着天。

过了一会儿，西田瞅了瞅我的脸色，问道："你是哪里不舒服吗？脸色怎么这么不好？"

我确实有点难受。在高山时我就一直没休息好，一路上又是奔波，又是人挤人，天气还很闷热，我似乎有点贫血，而且还感到恶心、想吐，头也是一抽一抽地疼。但这都是没办法的事，我只能一直忍着。西田先生应该是发现我脸色不好，所以便开口询问。得知原委后，他一直很担心我，一路上只要遇到青年志愿者，他就帮我拿药，让我尽量休息。

特殊时期，火车也没有固定的时刻表，下午从名古屋出发，天快黑时才到了木曾。我感到更加不舒服，头痛欲裂。然而从这里到东京还得有十个小时路程，我担心继续赶路可能会晕倒在车上。如果路不远，倒说不定能忍过去，但这……所幸，我跟西田先生说自己准备先下车去休息。

西田先生看上去一副忧心忡忡的样子，说："确实也是，要是万一真晕倒在车上，也没医生治疗，还是下车保险点，干脆我陪你一起下车吧。"

"啊？不用这样的，您还是继续走吧。"我怎么能让西田先生因为照顾我而耽误行程，所以连忙拒绝。但当时我身子已经很虚弱，站都站不稳，西田先生见状，就说："你这副样子，一个人的话，我怎么能放心呢？"

于是他扶着我穿过拥挤的人群，好不容易才从车上下来。我感到自己给他添了很多麻烦，但事已至此，再加上已经累到没力气说话，也就只能这样了。

事后我才知道，当时我们是从奈良井站下车的，当时的我整个人已经都晕晕乎乎的了。这一站下车的人很少，不过当地还是有些青年志愿者。

西田先生好像跟青年志愿者说了几句话，他们就派人把我们送到一处看上去颇有历史感的旅馆去休息。我身上穿着的西装已经被汗水浸湿，志愿者帮我脱下西装，换上干净的浴衣，喂我吃了几片药，让我在房间里好好休息。没过多久，我就睡着了。

等我睡醒后，发现天已经彻底黑了。卧室外的门开着，西田先生坐在走廊上抽烟，听到我起床的响声后，他回头问道："这么快就醒了？身体好些了？"

"已经感到好多了。"我回道。

不知道是不是因为这一觉睡得很安稳，一直折磨我的头疼症状已经缓解了不少，整个人也清醒了很多，不再晕了。我看到枕头旁边有水壶和水杯，就给自己倒了一杯水喝。

在冰水的刺激下，我整个人瞬时精神了起来。

"西田先生，这次真的是太感谢您了，给您添了这么多麻烦。"我真诚地向他道谢。

"没事儿，您不用这么客气。"

"您因为要照顾我，都没能继续自己的行程。"

"唉，我家里已经是这个样子了，早回去一天晚回去一天也没什么差别。不管他们是否还在人世，都不差这一天，这也不是着急就能解决的事儿。"西田先生看上去非常冷静。

尽管他这么说，但我一想到他失去家人和钱财的悲惨遭遇，头又开始隐隐作痛。

西田先生说："你身子如果好了，可以先去洗个热水澡，出一身汗，病就能彻底好了。"

"现在会不会已经很晚了？洗澡不太合适吧？"

"还早呢，晚上十点都不到。你去洗吧，我帮你叫洗澡水。"西田先生说着就站起来往外走。

我又倒了一杯水喝下，才有精力打量这个卧室。这里似乎是在后院，大概有十席大，院子里有水流声在响动，芒草也长得非常茂盛。远处不知何方，传来声声鸟鸣，这样的夜里，让人更感到孤寂。向远处望去，入眼的是一片漆黑的高山，夜空晴朗，星星闪烁。在飞驒我也曾看过秋天的山景，但此时再一次看到秋天山景，心境不同，我的感触也不同。这里的景色，倒是带给我不小的震撼。然而一想到明天还要继续搭乘那人挤人的火车，我的好心情一下子就没了。

西田先生很快就回来了，他告诉我，现在还可以洗热水澡，让我赶快过去。于是，我带着毛巾等洗漱用品，按照西田先生的指引，穿过走廊前往浴室。

自从中央线开通后，木曾这边的旅馆生意似乎就都不太好。我们住的这家旅馆在以前规模似乎挺大，现在旅馆老板有了别的营生，只把旅馆当作副业。当天夜里，旅馆里非常安静，除了我和西田先生外，好像没有其他住客。旅馆老板还没休息，但也静悄悄的，没发出声音，所以整个旅馆都显得格外安静。

旅馆规模不小，浴室在最里面，我在走廊上走了小一会儿。听着耳边传来的虫叫声，抬头望望远方的农田，在有些凉飕飕的夜里，这种感觉颇为奇妙，与白天在车厢里人挤人的状态完全不同。不过夜深之后，天确实转凉，我心里嘀咕着，千万别真冻感冒了，脚步不自觉地加快了起来。

走到一处屋子旁时，我见到里面透露出昏暗的灯光，大概就是浴室了吧。忽然，一个女人打开房间门，进去了。因为这里灯光微弱，天又黑，我只见到女人的后背，并没有看清长相，但看身材，应该年纪不大。

我停了下来，想来，旅馆的浴室应该是男女混用的吧。也不知道刚刚进去的那个女人是住客还是旅馆老板的家人，但一个年轻女人在里面洗澡，我一个大男人直接进去总归是不太好。

就这样，我站在浴室门前犹豫着。不一会儿，有声音传了出来。刚开始我以为是水声，仔细留意后才发现，是有女人在里面哭泣。我不知道里面发生了什么，就轻手轻脚地走到浴室旁，在门口往里瞥了一眼。

然而里面的声音却停了下来。这可有点奇怪，明明我亲眼见到一个女人走进浴室，也亲耳听到有人在哭，此时却突然没了动静。于是，我把浴室门打开一些，伸头往里看，里面居然空空的，一个人都没有。

我心里很纳闷，就壮着胆子走进去。仔细探勘一番后，还是没有发现之前那个女人的身影。但我本来就是来洗澡的，如果因为这点小事就回去，肯定会被西田先生嘲笑的。于是我就给自己鼓了鼓劲儿，换下衣服后，走到淋浴房里开始洗澡。

我一边洗澡还一边怀疑自己是不是生病把脑子烧坏了，或者是睡得太久，神志不清醒，所以刚才才出现幻觉。至于为什么会幻化出一个年轻女人的身影，估计是受西田先生失踪的两个女儿的影响吧，两个如花似玉的女孩子，就这样生死不明，谁听了都会印象深刻。所以我才白天听了西田先生的故事，晚上潜意识里就出现了幻觉，甚至把水声听成了女人在哭，这也不是没可能的。

洗完澡后，我仿佛感觉一身的疲惫都消失了，整个人非常精神，换上衣服后准备离开浴室。我突然觉得地上好像有什么东西硌到了我的脚，低头一看，原来是一枚戒指。

"可能是之前洗澡的人落下的吧。"我自言自语道。这种把东西落在浴室的事儿太常见了。但不知为什么，一看到这枚戒指，我潜意识里就觉得它肯定和之前看到的那个女人脱不了关系。虽然我努力说服自己，那个女人只是我的幻觉，我也知道我的联想很牵强，但这种念头一旦出现，就会一直在脑海里徘徊，就怎么也无法消除。

于是我捡起戒指，按着原路回到房间。这时，我发现西田先生已经把我们俩的床褥都铺好了，正坐在被子上。

他跟我说："木曾这里，九月的晚上就开始这么冷了啊。"

"谁说不是呢？"我一边说着，一边学他一样往床上的被褥一坐，把刚才在浴室里捡到戒指的事情跟西田先生说了，还应他的要求，把戒指递给他看。

没想到他接过戒指后，借着灯光仔细翻看，然后突然一惊道："你刚才说，这戒指是你在浴室捡到的？"

"没错。"

"太奇怪了！如果我没看错，这正是我大女儿的戒指！"

"啊？"我也跟着吃了一惊。

这枚戒指是黄金打造的，款式很常见，只是戒面里侧似乎刻着主人的名字——一个很小的"满"字。

西田先生指着戒面里侧的刻字对我说："就是我大女儿的，我不会认错的，你带我再去浴室看看吧。"

于是，我们俩就马上朝浴室走去。

浴室里静悄悄的，一个人也没有。我们又看向了四周，似乎也没有什么可以藏着人的地方。西田先生找到旅馆老板，要求翻看店里的住宿记录。然而老板经营这旅馆现在已经是副业，自然就没有好好打理，住客一直都很少。九月以后，除了志愿者会偶尔带些人过来安置外，基本上就没有什么客人。志愿者带过来的人都是东京大地震的受害者，一共有十拨人。

西田先生仔细翻看过这些住客留下的通信地址、姓名和年龄，却发现这些人都和自己的家人对不上号。我们也仔细询问了旅馆的服务员，她们也说没有见过长得跟西田先生家人很像的客人。

　　唯一值得稍加留意的客人，是九月九号晚上入住的一对夫妻。丈夫三十七岁，从商；妻子三十岁。两个人从东京—长野方向来到木曾，衣着打扮都很光鲜亮丽。据说是因为妻子在火车上被挤得很不舒服，两个人才决定先下车暂作休息。第二天一早，他们又赶火车离开了。服务员说，那名妻子脸色很不好，身体还很虚弱，看上去身体并不好，但是丈夫却急着带她离开。两个人在晚上似乎还为了这件事吵了起来。

　　当然，这些看上去都很正常，并没有什么值得怀疑的。只是，那丈夫随身携带的行李箱里竟然装了许多宝石和戒指。然而他自称是在下谷从事珠宝生意的，其他家产都已烧光，只带出了这些珠宝。旅馆里的人一致认为，我捡到的戒指应该是这对夫妇落下的。不过他们是十天前入住的，不知为什么其他人没有发现戒指，反而是我找到了。而且，这戒指如果是西田先生大女儿的，又怎么到了别人的手里？

　　西田先生说："说不定戒指真的是他落下的。但是鬼才会相信他是做珠宝生意的，那么多戒指，说不定都是从……死人手指上撸下来的。"

我浑身感到一阵冷。我在飞骅时也听说过地震后有人发不义之财，但总觉得人性不至于如此，但西田先生的话我又无力反驳，甚至内心也倾向于认同这种可能。

可如果这些戒指真的是从死人手指上撸下来的，那西田先生的大女儿……还有我之前在浴室门口看到的年轻女人身影，也可能不是幻觉。还有听到的女人哭泣声……总不能都是幻觉吧？

"不管事实真相如何，我都要谢谢你帮我捡回我女儿的这枚戒指。要不是陪你一起下车，我就会错过这枚戒指了。"西田先生向我表示谢意。

我心里觉得这件事简直是太过诡异。我和西田先生两个人在火车上萍水相逢，聊天熟稔了之后，他看到我身体虚弱才陪我一同下车。之前那对夫妇似乎也是因为妻子身体不舒服才下车的。我们两队人马，都是机缘巧合之下才在同一家旅馆留宿。如此巧合之下，西田先生大女儿的戒指才能回到西田先生身边。

非要说一切都是巧合的话，倒也不是说不通。只是这事儿毕竟太过蹊跷，令人匪夷所思。我觉得，似乎冥冥之中有一种莫名的力量，在推动这一切的发生。

西田先生说："这都是因为你，我才有机会拿回女儿的戒指。

不过，也说不定是我女儿的灵魂在天上指引我，让我们相识。"

"确实有这种可能。"

我和西田先生离开旅馆，乘火车回到东京。我们在新宿车站分开。十月中旬，西田先生前来拜访，他告诉我，店里的四个下人里已经找到了三个，还有一个下人似乎是永远失踪了。他这段时间忙着在家里废墟上临时搭建一个遮风避雨的小屋子，生活好不容易才重新进入正轨。

"您的夫人和两个女儿呢？就一点消息都没有吗？"我忍不住问道。

"就只有之前你找到的那枚戒指。"西田先生黯然答道。

我胸口莫名一沉，透不过气来。

4

白发之鬼

这个故事是S君分享的。S君是个律师，他把自己在十五年前发生的事告诉了我，由我记录下来，下面就是他讲述的故事。

　　许多人会对怪谈异闻感兴趣，但我总觉得这些不过是以讹传讹的故事罢了，因此我既不会主动去听别人讲，也不会刻意去打听。但在十五年前，我遇上了一件事——我确信这是真实发生的事件，但却让我一直迷惑到现在。

　　十五年前我还没当上律师，不过已经在学校学习法律，就在神田法律学校。为了好好读书我从家里搬出来住在公寓里，其实也算不上公寓，就是一户普通人家把自家改造成了公寓外租，有7间客房，就在鞠镇半藏门那一带，说是家庭旅馆可能更合适。

　　家里的女主人气质高雅，大约五十岁上下，有一个儿子一个女儿，屋里另外有一位女仆。平日里，女主人和她那个快到三十岁的女儿，以及女仆三个人负责公寓的日常管理服务。儿子在京都大学上学，很少回家。

开家庭旅馆倒也不是为了生计，女主人家家境殷实，只是儿子不在身边显得有些寂寞，所以稍加整理开了这个出租公寓，毕竟人多热闹许多。正是因为女主人气质高雅端庄且十分温和，整个出租公寓气氛都非常舒适。按理说出租公寓的老板都被称呼为老板娘，可是这实在不符合女主人，大家就称呼她为夫人，她的女儿堀川一佐子小姐则被亲近地称呼为一佐子小姐，连姓氏都不太提及了。

我还记得那是十一月的一个夜晚，天气很好，秋高气爽。之前我听说东京有一个祭典名为酉时祭，所以心生向往。那一晚，我决定出发去四谷须贺的酉时祭，想去凑凑热闹。不过我当时胆子小，也不敢真的去浅草，就在四谷那边随处看看。吃完晚饭，我就悠闲地出了门，毕竟我算不上一个参拜者，充其量也就是一个观光者。

这天夜晚天气着实不错，许多人都出门散步，街上满满当当和白天一样，人实在太多，我挤来挤去随着人流逛得也差不多了。忽然人群里有人与我打招呼。

"须田君，你也出来了啊！是来参拜的吗？"说话的人是和我一起的租客，名叫山岸猛雄。（当然，这是我故事里的假名。）

"算是参拜吧……"我含糊地应了一声，"今晚真是热闹，你买了些什么？"

我看了看山岸，他的手里拿着不少东西，有熊手还有糖芋。

"给一佐子小姐带了些小礼物，去年的时候我也带了些，毕竟受她关照。"山岸笑着回答。

"这些东西要不少钱吧？"我对祭典上的东西都不太了解，随口问了一句。

"本来就是小东西，平时要不了几个钱，现在有祭典人又多，贩子们都使劲涨价。"山岸叹了口气。

说着，我们走到了一家咖啡馆的门口，这里是个十字路口，人依旧很多。

"要不要喝一杯？"山岸停在了咖啡馆的门口，说着就推开门走了进去，我不好推辞，也跟着进了咖啡馆。

咖啡馆里的人和外面一样多，不过幸好角落里还有空位，山岸点了两杯红茶还有小点心，跟我聊开了。

"我猜须田君你不会喝酒吧？"

"是啊，我不会喝酒。"

"多少会喝一点吧？一点点那种。"

"我不行，一点都不行。"

"哎呀，其实我和你一样，不过有时候想着要是能喝酒就好了。

尤其是最近这几年，我一直想着要学会喝酒，无论怎样也要学会，我还花了不少力气去练，结果还是白搭。"

我那时候很年轻，完全不懂山岸这种不会喝酒还拼命想学会喝酒的心情，只觉得他又奇怪又勉强。

山岸似乎一点也不在意我的反应，看着我说道："我觉得你还是不要喝酒为妙，不过我得学会喝一点才好。"就这样，他反反复复嘟哝着喝酒的事儿，我也搭不上话，默默喝着红茶。

过了一会儿他像是明白了什么似的笑了起来："酒都不会喝，我一定会被一佐子讨厌的吧。"

山岸突然这么说了一句，让我一头雾水，据我所知，一佐子小姐当时还是很喜欢他的，有时候我会看到她含情脉脉地看着山岸，和我一起的租客们几乎都这么觉得。山岸话里的意思倒让我不太理解。

一佐子小姐是家里的长女，之前结过婚，大概是 21 岁的时候。可惜才过了一年，丈夫就因病去世了，一佐子小姐也就回到了夫人身边，一直到现在。这些事并没有人刻意提起，只是大家偶然了解了一些她的过往。光看容貌的话，一佐子小姐是个大美人，堀川夫人是气质优雅的美人，一佐子小姐则是活力四射的美人。自从了解到她的可怜往事之后，我觉得她白皙的面容上似乎带着些许寂寞。

反过来看山岸，他大概三十多岁，不论身材气度样貌，都满是男子气概，他虽然租住在这里，但家境应该很不错，因为每个月都能收到家里寄来的不少钱，而且他穿着布料都是上等，平日里出手也很阔。我们租客一共七个人，在我们之中，山岸是最出挑的，能得到一佐子小姐的青睐也是正常。据说一佐子小姐对山岸的情愫连夫人也知晓，她没有阻拦，也没有撮合，可以说是默许的态度。

这会儿山岸对我提起一佐子小姐，我一点都不意外，当然我也没有嫉妒羡慕。

"这么说来一佐子小姐很会喝酒？"我笑着问道。

"可能吧，其实我也知道，有可能会喝也有可能不会喝，有几次她还劝我少喝一些酒。"山岸的回答让我好奇起来。

"可是你刚才说不会喝酒的话，一佐子小姐会讨厌你呀？"

山岸愣了一下，突然开怀大笑，咖啡馆里的其他人立刻投来异样的眼光，我们赶紧把茶喝完，山岸爽快地结了账带着我走出了咖啡馆。

这时候人已经变少了，天空中挂着圆圆的月亮，有些寒冷。此时是十一月初，原本热闹的街头再走过一座桥之后似乎一下子冷清了，连风都冰冷起来。

山岸突然停了下来，抬头望着消防局的灯火，喃喃道："须田君，你觉得这世上有鬼魂存在吗？"

我万万没想到他突然提起鬼魂的事儿，一下子没有接上话，不过思索了一番，我还是按照自己的见解回答了他的问题："我没有研究过鬼魂，所以在我看来，我是不信这些的。"

"对啊，"山岸也点了点头，"我也不想去相信什么鬼魂什么的，你说不信也很对。"

山岸没有再说话，一言不发地缓缓走着。虽说我学的是法律，律师这一行要求能说会道，但我实在是个沉默的人，怎么也找不到新话题，只能这么沉默地一路走着。

很快我们就从四谷走到了鞠镇的大道上，大道走了快一半的时候，走在我身边的山岸忽然停了下来，转头问我要不要吃鳗鱼饭。

"啊？"前面才请我喝了红茶，现在又要请我吃鳗鱼饭，我有点奇怪。

山岸大概也觉得自己太唐突了，解释道："你出门前吃过了是吗？其实我中午就出门了，结果忙到现在也没吃过东西，原本是想在刚才那家咖啡馆里吃点什么的，不过人太多了，也没点什么。"

我回想了一下，这天山岸确实中午就出门了，刚才吃的小点心肯定填不饱肚子，是该吃点饭。不过鳗鱼饭这么贵有点奢侈，我这样的学生哪里有钱吃这个。这是 15 年前，物价和如今完全不一样，鳗鱼饭可不是当时的我能吃得起的，一想到价格这么贵，我便觉得不好意思让山岸再请客，于是说道："那我就先回去了，你好好享用。"

结果刚走一步，山岸又叫住了我："先别走呀……也不是专门为了请你吃饭，就是有些话想说。我不会骗你的，就是有事想跟你说。"

山岸说得诚恳，我也不好拒绝，就这样来到了鞠镇大道边上的一家饭店，走上了二楼。

我和山岸都租住在夫人家，但不是普通的邻居关系，对我而言他是一位前辈。当时的山岸也和我一样，以律师为职业目标，希望未来可以成为一个合格的律师，而他除了年纪大过我，在知识见解上也比我高出许多，法律知识自然无须多说。山岸的外语也非常厉害，他的英语以及法语都到了精通的地步，让我十分羡慕，因此我一直以他为前辈。在公寓的时候，我常常去他的房间讨教，或是分享见解，山岸为人也十分热情，每次都不厌其烦地教导、帮助我。也因此，我们之间的关系更像是师生。但山岸身上也有我无法理解的地方，比如他的律师资格考试。在我看来，山岸的学识和为人都能通过资格考试，而且应该是可以轻松地一举通过。但实际并非如此，他考了四次，且屡战屡败。在我熟悉的圈子中，许多比不上山岸的人都已经考取了资格，而山岸却连续四次考试不合格，让我怎么也想不明白。

我曾经也问起过山岸考试失利的事，山岸只是淡淡地解释说自己心理素质不够好，太过紧张了。但是他每一次都这么解释，多少有些让人难以相信，尤其是我平时与他交往相当多，完全不觉得他是自己口中描述的那种脆弱的人，临近考试或者在考场上因为怯场而失败不符合山岸的个性。

不过好在山岸家里人始终支持他考试，源源不断地寄送钱物来，因此山岸也没有表现出考试失利的沮丧心情，依旧努力地复习，努力尝试再考。到现在为止，山岸已经请我吃过好几顿鳗鱼饭了，让我多少有点不好意思。

"虽说你吃过晚饭了，但出来走了这么多路，估计也饿了吧，别客气，一起吃吧。"山岸劝说我吃饭，我也不好多拒绝，毕竟都已经在饭店了。

这次山岸点了一瓶酒，不过我们都没有去动。在等上菜的时候，山岸缓缓地告诉我他想说的事。

"其实吧，我得回老家去了，就在今年。"我一下子从座位上跳了起来。

山岸毫无征兆地就说要回老家去，这是怎么回事？

山岸看了一眼我的表情，继续冷静地说道："须田君你别惊讶，我仔细思考了很久，毕竟我已经失利了四次了，不管怎么看，律师资格对我来说就像是笑话了……"

"别这么说啊，你很有实力的。"

"原本我也不相信这样的命中注定，就像我原先从来不信这世上存在……鬼魂这种东西。"

山岸今晚已经第二次提到了鬼魂，这突然勾起了我的好奇心，我还没有从这震惊的消息中缓过来，只能沉默地听着他继续说。

"须田君觉得鬼魂是不存在的，一开始我也这么觉得。有人告诉我世界上有鬼魂的时候，我都快要笑死了。但是，最近我是真的被鬼魂折磨了，无论如何都不能再继续自己的理想了，我必须要放弃。须田君不相信鬼魂，肯定觉得我是在说什么玩笑话吧，真是对不起。"

可我没有感到一丝开玩笑的意思，因为山岸从来不是一个随口开玩笑的人，他说的话从来都是有根有据的。莫非是真的遇到了鬼魂之类的东西？

我沉默地思考着，山岸却抬头望着饭店里的灯。此时的饭店没有其他人，只有我们两个，时钟的指针已经指向九点，寒意越加重了起来。我们都没有再说话，只有外面的电车开过，发出哐当哐当的声响。可能是因为气氛的关系，饭店的灯开始慢慢变得有点暗，装饰用的白色山茶花显得非常落寞。

山岸似乎没有感受到气氛的怪异，像往常一样把自己的想法说了出来："以前的时候我觉得我什么都不用多想，只需要好好准备考试，然后通过考试获得律师资格，然后成为一名律师生活下去。说实话，我一直以来都是这么想的。但是正如你看到的，光是这一年，我就已经连续不合格了四次，须田君一定觉得无法相信吧？我自己也觉得难以置信。"

"是的，我一直觉得你能考过的，可是这是怎么回事呢？"

"原因？我说了你未必会信的，我就是被鬼魂缠住了啊。现在想想我真是一个白痴啊，太蠢了，可这都是真的，我能有什么办法。这些我从来没告诉过任何人。事情是这样的：我第一次去考试的那会儿，我坐在座位上填写答卷，突然就冒出来一个女人，虽然有点模糊，但我确定那是一个女人。她的头发是雪白的、长长的，看不清穿了什么衣服。她看起来很瘦，别的都是模糊的，但脸是清晰的。她的脸庞并没有妖邪的感觉，就是一个普通的三十岁女人的脸。她从那个绝对不可能钻出人来的地方突然出现，然后开始直勾勾地看着我。当我发现这个白发女人的时候，我的双手就变得不听使唤，连脑袋都像是喝醉酒一般昏昏沉沉，完全不记得自己写了什么答案。须田君，你觉得那个白发女人是什么呢？"

"这……"我努力想要思考山岸说的话，"同一个考场还有其他人吧，而且考试是在白天……"

"对啊，你说得没有错，不仅是白天，而且天气很好，太阳光都晒进了考场，许多前来考试的人和我一样坐在座位上认真地答题，但是那个白色头发的女人就这样突然出现。考场里除了我之外没有人看到，大家都低着头奋笔疾书，而我却被那个女人盯着看，直到全身不听使唤。结果你也知道了，我的考试几乎是一团糟，不合格是肯定的了。不过这只是第一次考，我没有感到沮丧。我自幼就生活在富足的环境中，不太会因为一次失败而挫败，所以我当时觉得，大不了再考一次便是了，没有什么心理压力。"

"那么，你是怎么看待那个白发女人的呢？"

"恐怕是我的幻觉吧，或许是我精神衰弱，"山岸说道，"虽然我平时生活比较闲散一些，但考试前还是会熬夜临时突击一下。那个时候我时常备考到深夜、凌晨，有时候到三四点，大约是太累了，睡眠不足导致神经衰弱。这么想的话，就觉得并不是什么奇事。"

"你就是在考场上见过那个女人？"我问了一句。

"不是。"山岸面色突然冷峻了许多，一字一顿地回答说，"那是一个开始。"

山岸沉默了一会儿，说了他的遭遇。

"那时候我住在神田那边，那边人多，日夜都是嘈杂的声音，让我每天都心烦意乱的。为了换个安静的环境，我搬了家，租到了小石川一带，那一年我又参加了律师资格考试，这是第二次考试了。结果考试的时候，和第一次没什么区别，那个白发女人又出现了，她盯着我看，又好像是盯着我的考卷在看。我心里气急了，心想着，这一次一定不能被她影响到！于是我鼓起勇气想要与她对抗，但是又败下阵来。我感到昏昏沉沉，试卷上写满了一堆糊涂账。但我还是没有感到异常，我始终相信科学，觉得这是自己神经衰弱造成的。所以我出去散心了，想换个地方换个心情，那段时间我待在湘南，在那里我待了三个月左右，而且每天无所事事，只管到处逛一逛。随后我找了新的出租公寓，也就是现在的堀川家。这里真的是我最安心的地方了。这里环境好，周围的人也很亲切，我每天专注地学习，去年是我的第三次参考。我觉得自己已经得到了很好的休息，不管是身体还是心理都相当平稳。进考场前，我觉得自己百分百能考过了。可是当我写到一半的时候，那个白发女人再度出现……结果你也知道了。"

正在这时，烤鳗鱼上来了。鳗鱼烤得嗞嗞冒着香气，而我却没有了食欲。我们都忘记了吃饭，直直地盯着盘里的鳗鱼，谁都没有开动。

"那么，你能确定是神经衰弱的问题吗？"

山岸长叹一声道："反复出现了这么多次的白发女人，我当然得好好研究一下。首先，我每次考完都会给家里说下考试的情况，但是我不希望他们过多担心，所以从没提起过白发女人的事情。不过我觉得就算我说了，也未必有人相信，家里人可能会觉得我自己不努力反而编出这样的谎话来欺骗大家。说来也怪，从始至终，只有我能看到这个白发女人，其他人都没有见过，所以，我该怎么向别人形容一个谁都无法看见的东西呢？就这样反复思索，连我自己都有些精神恍惚了。前不久，老家的父亲写了信来，让我实在不行就先回老家去。我的老家在九州，父亲也是当地的职业律师，他现在已经快五十二岁了，干了这么多年的律师，他的名字也算是当地的金字招牌。正是因为父亲的关系，我才能在这里优哉地生活着。而我一次又一次考试不合格，连我父亲都对我有些失望。父亲的信里让我不管怎么样，一定要回老家一趟。所以，去年年底我就出发回了老家，这些你也都知道。我回到了东京，整个人都有变化了，不是吗？"

"我没发现……"我诚实地摇了摇头。

"哎，就算是再怎么内心强大的人，连续的失败还是会带来打击的。我回到老家的时候简直无地自容，感觉无颜面对我的父亲，于是我一不小心把白发女人的事情说漏了嘴。当我父亲听到白发女人的时候，他的表情忽然变得严肃异常，他直直地盯着我，然后反复问我所说是不是属实。我如实回答后，我的父亲却沉默不语，一言不发。我只是自责自己的神经衰弱，但看父亲的反应，感觉这里面似乎有什么隐情一般。然而父亲却没有再说什么。我原本以为这一切结束了，谁知过了几天，我的父亲忽然找我说话，然后非常果决地告诉我，不要再去东京了，放弃考试。"

山岸沉默了一会儿，继续说道："待在家里的日子实在太无聊，而且就这样轻易放弃实在心有不甘，于是我苦苦哀求父亲，让我再去东京考一次，最后一次。如果这一次没有考过，那我就此放弃。就这样，我再三恳求，父亲终于答应让我再来考一次。这是最后一次了，我进考场的时候都觉得紧张——这还是我第一次觉得如此紧张。果不其然，当我考试的时候，她又如期而至。我气得不行，但是拿她一点办法都没有。于是我决定再多考一次，可是就在我准备和父亲再说一下我的恳求时，父亲也写信来，让我不管怎么样一定要回老家去，这是约定。信里写道，就算我战胜了白发女人，通过了律师资格考试，当上律师之后，我也只会遭受更大的不幸。与其走向不幸，不如选择其他职业谋生。放弃理想固然很痛苦，但也不是做不到，总比遭遇不幸要好。父亲没有强迫我什么，他还在信中说了自己今年会停止自己的律师事业。信里的这些话让我异常震惊。"

"这是为什么？"

"我也不清楚为什么，总觉得父亲应该是知道什么。不过父亲都这么说了，我也下决心准备回老家去了。父亲在老家还有一些土地，他选择了退休，那么我先陪他一阵子吧，种种花草什么的，选择职业的事情，再从长计议吧。"

我的好奇心被引了出来，到底是什么样的隐情让父亲停止事业，让儿子放弃理想？我的心情瞬间悲伤起来，因为我即将失去一位优秀的老师、长辈。从此以后，我又要在东京恢复孤独一人的生活，未来该会多么孤独和寂寞。

"今天跟你说的这些话，请不要告诉第三个人。你就当是一个秘密吧，尤其不要告诉夫人与一佐子。"

夫人就算知道了，可能也不会如何，倒是一佐子小姐，可能会因为不能接受而感到害怕吧，于是我答应了山岸，以后绝不提此事。

我们谁都没有动那条烤鳗鱼，可是这么扔掉又显得可惜，叮是我们又实在没有什么胃口，于是山岸动手把鳗鱼收拾了起来，连同前面买的糖芋、熊手一起，作为一佐子小姐的礼物了。一佐子小姐收到礼物一定会很开心的。当然，如果她知道山岸要走的话一定开心不起来，我突然感到一阵悲伤。

我们无言地走在冷风中，一路回到了出租公寓。一佐子小姐果然和我想的一样，见到礼物非常开心，连夫人也露出了开心的笑容。我觉得，大概因为这些礼物来自山岸，所以一佐子小姐特别开心吧。

这样的开心还有多久呢？我不敢多想，打了招呼之后就独自回到了房间之中。

堀川家的出租公寓有楼上的五间以及楼下的两间，我住在楼上一个小间里面，山岸住在楼下稍大的一间里，我的房间只有一扇向北的小窗，紧挨着马路，平时没有什么阳光。

今晚的风越吹越大，我独自待在房中，觉得寒意陡增，一点都没有学习的心情，被窝里冷冷的，没有热气。我翻来又覆去，难以入睡，脑海中是山岸对我说的那些话。白发的女人到底是谁？来自何方？如果她是鬼魂，那她怎么会在白天出现呢？我受过的教育让我不相信世界上存在鬼魂，但我确实又无法解释白发女人是怎么回事。还有很奇怪的是，山岸的父亲为什么如此反常？他在自己事业最辉煌的时候选择停业，还极力劝阻孩子放弃考试回到老家，这里面一定有什么隐情吧？连山岸都被说动了，不惜放弃自己的理想要回到老家去。如果仔细思考的话，一定是这个白发女人和山岸一家的律师事业有什么关联。山岸的父亲虽然没有明说，不过在信中透露了一些信息，山岸觉察到了父亲话中的意思，所以才下定决心离开吧。

我甚至开始脑补出一个故事来，也许是山岸的父亲曾经在某个案件（不管是民事还是刑事）中的判决结果对一个女人而言影响巨大，导致她死后变成了白发女人，也许就是她在诅咒着山岸和他的父亲，不允许他们再从事律师一职。不管那个女人究竟如何，总之她一定是怀有恨意的。所以，只有山岸才能看到她，而且是在律师资格考试的考场上看见她。

我越想越是奇妙，最后连自己都快相信了。怪谈从古就有，但是这些故事究竟是不是真实的，谁也不知道。

我突然想起来，山岸平时能不能看到白发女人呢？我忘记问了。从山岸所说的话里，似乎只有在考场里才会看见白发女人，那么平时呢？下次我一定要想办法问一下他……

我这样胡思乱想着，很快就入睡了。没过多久，我迷糊间听见隔壁米店养的公鸡打鸣了。

第二天一早，兴许是前一晚冷风刮得太厉害，所以冷了不少，我没有睡好，整个人无精打采的，吃过早饭就像往常一样匆匆往学校走去。

风停了，太阳很大，但还是很冷。

我在学校的这段时间兴许会发生些什么？我感到不安起来，中午一放学，我就立刻回到了公寓。不过这里似乎什么事情都没有发生，一佐子小姐像平时一样打理着家务，而山岸也在自己的房间里看着书。我那颗不安的心稍微放松了一些。

六点多的时候，一佐子小姐像平时一样敲门给我送来了晚饭。外面已经黑透了，冬天总是黑得特别早，我狭窄的房间里只有一盏小灯。

"天可真冷。"一佐子小姐放下餐具后随口说道。

我看了看她的脸，似乎和往常相比苍白了许多，回道："毕竟是冬天嘛，接下来只会一天比一天冷。"

以往一佐子小姐打了招呼放下晚饭就会静静地离开，今天放下晚饭后，她却在门口停了下来，缓缓地说道："您昨晚是和山岸君一起的吗？"

"是的。"毕竟山岸昨晚特意叮嘱了不要和一佐子小姐提起聊天的内容，我只好顺着她的意思回答了。

"山岸君有没有说些什么？"

"是有什么事吗？"我心一沉。一佐子小姐果然是想问这个，于是我假装什么都不知道，还反问了一句。

"最近他家里寄了好多信来，又是电报又是信的，可能是有什么事吧。"

"有吗？"我尽力装出不知晓的样子。

"我猜是有什么要紧事呢，您什么都不知道吗？"

"我不知道啊。"

"山岸君他昨晚没有告诉你什么吗？他是不是要回老家了？他有提起什么吗？"

之前山岸再三叮嘱不能把这事告诉一佐子小姐，我立刻提醒自己不要疏忽，也不要透露，但一佐子小姐像是从我脸上看出了什么，于是靠近道："你们平时总在一起，是不是有什么事情瞒着我呢？请告诉我吧。"

一佐子小姐说的话确实也有道理，但是我与山岸有约在先，这次无论如何要保守秘密。而且大家虽然都住在一个屋檐下，但我实在不清楚她和山岸究竟是什么样的关系。在我不清楚一切的情况下，我只能替山岸保守秘密，一个劲地摇头说不知道。

在我连续几个"不知道"之后，一佐子小姐脸色一变，突然怒气冲冲地说道："山岸君真是一个可怕的人！"

"山岸君他哪里恐怖了？"我没有理解一佐子小姐这么说的原因。

"昨晚你们回来的时候，山岸君带了礼物给我，里面有烤鳗鱼。可是当时太晚了，我想着不如留到明天再吃，反正天气也冷，不容易坏。结果今天早上，附近的一只黑色野猫闯了进来，把放在橱柜里的烤鳗鱼叼走了一部分，又在屋子边的垃圾堆边上把偷来的烤鳗鱼吃了个精光。然而女仆却发现，它死在了那里，嘴角都是白色的泡沫，一看就知道，它是吃了有毒的东西才死的。"

听完一佐子小姐的叙述，我正襟危坐，认真地问道："你能确定猫是因为吃了烤鳗鱼才死的吗？那么剩下的烤鳗鱼呢？"

"我看到猫尸体的时候都吓坏了，想着肯定有毒，就把剩下的烤鳗鱼、熊手、糖芋全都扔掉了。"

"这……昨晚我和山岸一起也都吃的烤鳗鱼，可是我们没有中毒啊。"

"哼，所以我刚才才说山岸君很可怕，给你吃的是没有毒的，却把有毒的东西送给我。他肯定是想毒死我吧，不然为什么送给我的鳗鱼里有毒呢？"一佐子小姐满脸都是愤恨。

"这可能是有什么误会吧，山岸君送你的烤鳗鱼其实是我们昨晚一起吃的时候剩下来的，因为没有动筷子，扔了太过可惜，所以就装起来带来了回来。我们昨晚一直在一起，我看着他把剩下的烤鳗鱼装起来的，绝对没有下毒的机会。猫被毒死一定不是你想的那样的。"我原原本本地解释了一遍，想要打消一佐子小姐的怀疑。

可是她始终用一种不信任的表情看着我，反复问道："是的吗？你能保证吗？"

我感到有些烦躁，说："一佐子小姐为什么要去疑心山岸君呢？他时常有带礼物给你不是吗？这次你是因为一只野猫死了迁怒于他，还是有其他什么原因呢？"

"其他原因……自然是有的。"

"有什么理由呢？"

"我为什么要告诉你？"一佐子小姐立刻回绝了我的问题。

我总觉得今天的一佐子小姐完全不可理喻，甚至有点疯狂。于是我也懒得多说什么，就此保持沉默。

就在气氛变得僵持的时候，夫人在楼下呼唤一佐子小姐，她立刻转过身，头也不回地走掉了。

我吃着一佐子小姐送来的晚饭，开始思考她所说的野猫中毒事件。下毒不是什么简单的事，昨晚我一直和山岸在一起，他完全没有下毒的时机。如果一佐子小姐和夫人都觉得是山岸在烤鳗鱼里下了毒的话，那可就麻烦了。我必须为山岸作证，证明他没有在烤鳗鱼里下毒。

不过这个事，如果真的摊开了说，大家面子上都挂不住，不如我先去问一下山岸，他大概还不知道自己被人误会了。

想到这里，我立刻飞快地吃完了饭，然后下楼敲起了山岸房间的门。

但是我扑了个空，因为他已经吃完饭出门去散步了。

我的脑袋里如同一团乱麻，没有心思待在自己的小房间里，于是漫无目的地在街上闲逛起来。刚走没有多远，有一个人从身后小跑过来，我定睛一看，竟然是夫人。

"须田先生，须田先生！"

我听见夫人的招呼声，立马停下来等着她。大街上没有什么人，我独自站在红色邮箱边上，看着夫人小跑着向我奔来，时不时地向后张望着，问道："须田先生，冒昧了，我们家一佐子是不是说了一些什么话？"

我思考着该怎么回答，结果夫人抢先一步问道："一佐子她是不是提起了鳗鱼的事情？"

"啊，是的。"我如实地回答道，"一佐子小姐说昨晚有野猫偷吃了烤鳗鱼，结果被毒死了。"

"嗯……野猫的事情确实如此，吃过烤鳗鱼之后死在垃圾堆边。不过一佐子一直在胡思乱想，我非常为难……"

"一定是一佐子小姐在胡思乱想，山岸君可不是能干出这种事的人！"

大概是我的回答太过义正词严，夫人被吓到了，过了一会儿，她又往身后张望了一下，问道："我不知道您是不是知道些什么，最近山岸君总能收到家里来的信件，一佐子……她很在意这些，一门心思觉得山岸君是要回去了……"

"这是山岸君自己的事情，这跟一佐子小姐有什么关系呢？难道他们之间有些什么约定之类的吗？"先前一佐子小姐害得我一肚子气，所以此时不由地提高了音量。

夫人像是被噎住了一般沉默了下来。看她的模样，大约一佐子和山岸是有一些非比寻常的关系，一直以来夫人也都默许。

我缓了缓说道："山岸君是十分正直的人，他若是果真有什么要紧事要回老家去，也一定不会不辞而别的。至于缘由，到时候他也一定会说清楚的。到时候有什么放不下的事情，再从长计议就是了，光是靠瞎猜是解决不了问题的。不管一佐子小姐怎么看待这件事，我能保证山岸君在这件事情上是被冤枉的。"

紧接着，我又把之前对一佐子小姐解释过的烤鳗鱼的由来跟夫人也说了，夫人听完立刻点头道："您说得很有道理，山岸先生确实没有必要做出这样的事来，我也很清楚他的为人。只是最近一佐子有些不对劲，而且总是心事重重。"

"是不是有点太暴躁易怒了？"

"确实是……"夫人的脸上顿时挂满了担忧。

原本我对一佐子小姐先前的言语非常愤怒，但看着夫人为难的样子，又想起了一佐子小姐的往事，瞬间气也消了，想要安慰一下夫人。

这时，邮箱的收件员来工作了，我们便一路走了回去。

这时候，路灯已经亮起，街上没有什么人，我一抬头，竟看到一佐子小姐站在门口附近探头望着我们。就在我看到她的一瞬间，她转身回到了门内。把夫人送回到门口，我继续向着鞠镇大道走去，此时迎面开来一辆车子。

路灯的灯光十分惨淡，衬得汽车车灯意外地明亮。这个时间还能看到汽车实在有点奇怪，车子速度并不快，经过我的时候，我下意识地往车里张望了一下。

那是一个一头白色长发的女人。她那雪白的长发披散在肩头，让我瞬间想起了山岸说起的白发女人，顿时呆立在原地。就这样，车子开向了远方，我不知道它去了哪里，甚至不知道它是不是就这样消失在夜色中了。

这难道是我的幻觉吗？这两天我总被山岸所说的白发女人所困扰，也许是心理思虑太多，所以才觉得车里的女人是白发的？不过，我总觉得这不是幻觉，一头白发的女人虽然少，但并不是没有。仅仅只是一头白发而已，和山岸所遇到的白发女人未必就是同一个吧。

我努力平复了一下心情，但总觉得非常不安。

"没想到我胆子这么小！"我一边摇头一边走。

今夜没有凛冽的寒风，但却寒冷依旧。我就这样漫无目的地越走越远，我既没有穿大衣也没有戴帽子和围巾，寒冷将我包围，让我短暂地停止了思考。

走着走着，我突然感受到一股前所未有的不安。公寓是不是出了什么事情？我的不安越来越强烈，随即转身往回跑去，街上空无一人，明亮的月光代替了路灯的光亮，远方传来野狗的叫声。

重返出租公寓的我立刻觉察到空气中异样的气息——一佐子小姐死了。

此时，出门散步的山岸还没有回来。屋子里十分明亮，夫人在衣帽间里发现了一佐子写下的遗书，上面写的是："我被山岸杀死了。"

夫人惊恐极了，但是不管怎么看，一佐子小姐都是在屋中服毒自杀的。此时警方已经在屋内进行细致的搜查取证。

调查到女仆的时候，女仆说了昨晚野猫中毒死去的事情，于是我一进家门就被警方控制住了，接受盘问与调查。警方不能将我们放在一起取证，因此我们全都被带到了警局。

警方的调查结果显示一佐子小姐是自杀的，但遗书和猫被毒死的事情又似乎预示着事情另有隐情，因此警方不得不打起十二分精神来调查。

在警方调查山岸的时候，山岸表示自己与一佐子小姐没有亲密关系。

"唯一的一次是在今年，那是夏天的夜里，我当时一个人在英国使馆附近的樱花树旁散步纳凉，结果一佐子小姐突然出现在我身后。我们就这样一起散步聊天回到了出租公寓，大约走了一小时。那时候一佐子小姐问我为什么单身，我说我是一个想要考律师资格的人，但屡战屡败，没有人愿意和我在一起。一佐子小姐又问，要是有人愿意和我一起呢？我回答说，有人愿意和我在一起的话，我应该会高兴地接受吧。我们就聊了这些，她没有说别的，此后也没有单独再说过什么。"

夫人在接受警方调查的时候说道："我感觉我女儿的确爱上了

山岸先生，毕竟她一个人孤独了太久。我觉得如果他俩可以走到一起也未尝不是一件坏事，所以我支持我的女儿，不过直到今天，他们都没有发展出什么实质性的亲密关系。"

因为证词一致的关系，警方最后认定一佐子小姐是服毒自杀的，原因是山岸先生即将回到老家去长期离开东京，一心爱慕于他的一佐子小姐承受不了这个打击而精神崩溃。经过法医解剖，野猫和一佐子小姐死于同种毒药，警方认定是一佐子小姐在试验药性，将含有毒药的烤鳗鱼喂食给了野猫。

这样一来，那封遗书倒是很难解释。不过姑且可以认定是一佐子小姐想要把野猫被毒死这件事和山岸先生联系起来，伪造成山岸先生下毒谋害。如果说这是精神崩溃后的报复，倒是也能说通，不过一佐子小姐既然已经死去，那么也就没有必要再继续调查下去了。

最后，山岸先生也平安地离开了警察局，这件令人不快的事情就这样匆匆了结了。

奇怪的是，夫人在为一佐子小姐守灵的时候发现，一佐子小姐的头发慢慢变成了白色，像雪一样白。等到下葬的时候，她已经是一头雪白长发了。对此，悲痛的夫人觉得，这也许是毒药的药效所致。

"那天须田先生送我回到家的时候，我没有看到我的女儿。不过她很少出门，肯定是在家里的。我坐在客厅的火炉边上想要暖和暖和，就听见外面似乎有汽车的声音，我以为是有客人来了，走过去一看却发现没有任何东西。正当我寻找着汽车的踪影时，女仆惊恐地冲了过来，嘴里嚷着：'不好了！救命啊！'我赶紧进屋去看，结果一佐子已经倒下了，就在山岸先生的房间里。"

　　大家都在客厅里默默听着夫人的叙述。

　　山岸没有发表任何意见，可我差点将在汽车里看到白发女子的事情脱口而出！可正当我准备说起那汽车时，我又犹豫了：事情已经结束了，何必在夫人面前再多说一些没有意义的事呢？

　　一佐子小姐的葬礼结束之后，山岸准备返乡。

　　一佐子小姐下葬的第二天，我一路陪伴着他直到东京火车站。又是一个夜晚，天上没有月亮也没有星星，在候车室里，我们有一搭没一搭地聊着。我把一佐子小姐死亡那天遇到汽车的事情原原本本地告诉了山岸，他只是点了点头。

　　我把心中的疑虑问了出来："你说过的那个白发女人，只在考场里才会出现的吗？"

　　山岸平静地看着我，淡淡地回答说："不是。自从搬到了堀川家的公寓，我就常常能够看到她。我现在要告诉你的是，那个白发女人，她和一佐子一模一样。你们每个人都说一佐子的头发是在死后才渐渐变得雪白的，但是从我第一次看见她起，我所看到的一佐子就是一头白发。"

　　我听完，瞬间呆立在原地。此刻，列车发车的铃声尖锐地响了起来。

5

离
魂

这个故事来自 M 君。下面是他的叙述。

我是从我叔父那儿听来这个故事的。故事发生在嘉永初年，那年我叔父三十一岁。叔父在小石川江户川有一座小宅院，他有一个在幕府做大臣的邻居，名为西冈鹤之助。当时那一带主要是给贵族家的武士居住的，因为居住者身份谈不上有多高贵，当地的房子也大多建得比较紧凑。

西冈每年的俸禄是一百八十石米，他不仅要养活自己，还要供养妹妹阿福，以及一个跟班和一名女佣。一个人的俸禄养活四个人，他们的生活自然不算富裕。西冈十五岁时，父亲就去世了；十八岁时，母亲也不幸过世。他一个人带着妹妹阿福，故事发生那年西冈二十岁，还未娶亲。

关于西冈的情况就介绍到这里，下面该进入正题了。

六月初的某个傍晚，西冈去下谷御徒町的亲戚家串门，回程时准备采买点东西，在御成道附近，突然发现前方有一个十五六岁的年轻女孩。她有着消瘦的身材，中等身高，与时年十六岁的妹妹阿福从衣着打扮到发髻都一模一样。

　　西冈以为看到了妹妹，担心是自己外出时发生什么事，妹妹才急需外出。他想喊住前方的年轻女孩，却怕自己认错人。江户这么大，遇到身材、年纪和打扮相似的女孩子也不是什么稀奇事，万一认错人可就尴尬了。

　　于是西冈决定走快点，赶到女孩身边去仔细看清楚。当时虽已是傍晚时分，但因为是夏季，光线颇为明亮。那个女孩子撑着一把伞，遮住了脸，西冈没能看清楚女孩子的长相。男女有别，他又不好意思靠得特别近，就只能默默尾随了一会儿。

　　女孩走到一家卖刀具的近江屋商店门口停了下来，冲店铺里看了几眼就又离开，然后拐进一条小巷子。

　　西冈觉得自己尾随女孩的行为太过无聊，决定还是放弃尾随。只要他回到家中就能知道有没有认错人了。天渐渐黑了，自己也不能一直跟着一个年轻的女孩子。

　　于是他一边在心里感叹自己的无聊，一边往家里走。回到家时天色尚未完全黑下来，他透过杉树林间的间隙，看到自家院子里空地上的玉米正随着晚风拂动。

西冈进门时，跟班佐助正在院子里忙着打水，看到西冈连忙打招呼："主人，您回家了。"

西冈问道："阿福在家里面吗？"

"阿福小姐在家里。"

西冈暗自心想，自己之前果然是认错人了。于是他若无其事地往屋里走，妹妹阿福正在厨房里与女佣一起筹备晚饭，看到哥哥，阿福解下衣袖上的带子，跟他打招呼。虽然两个人每天都见面，但西冈却仿佛很久未见一般，直勾勾地盯着阿福，因为阿福这身装扮跟之前遇到的年轻女孩实在是太像了！

晚饭前西冈先去洗了热水澡，接着就出来吃晚饭。他心里多少还是有点不放心，私下问过女佣阿福下午有没有出门，得知阿福一直待在家里后，他才打消顾虑，安慰自己道："那应该就是真的人有相似吧。"

这件事就这样被西冈放下了。半个月后，西冈因事需要到青山百人町找一位武士，下午五点离开，准备回家。

当时青山一带还比较荒凉，杂草丛生，时不时地有狐狸出现，唯独善光寺附近有些做小生意的商店还开着门。西冈来到商店附近时，突然发现前方又出现了一个跟妹妹阿福一模一样的女孩子。

他顿时停下脚步，仔细观察女孩的背影，越看越觉得跟阿福相似。上次的事就算了，这次竟然又遇到这种事，他觉得肯定是事出有因。于是，这次他执着地跟随女孩，打算非要看清女孩子的长相不可。

前面说过，夏日的傍晚天还没黑得那么快，而且商店这条街上也有些人流，西冈排除了那个女孩是狐狸精的可能性。这个女孩今天同那日一样，也撑着一把伞，以至于西冈看不清女孩的正脸。他有些心急，只能快步跟着女孩。

女孩很快就走到挨着权田原的草原一带，这边杂草非常茂盛，杂草高到能掩下一个成年人。这里是附近最偏僻的地段之一，两边都是杂草，只有中间有条小路。女孩就走在那条小路上。

西冈自然也跟了上去。他心想，就算真的认错了，大不了道个歉。这次，他一定要弄明白。

他开口叫住女孩子道："喂，你好啊！"

女孩子跟没听见一样，继续快步走在小路上。

西冈又叫道："喂，你好，前面的那个女孩！"

女孩还是没有停顿地继续赶路，不过她似乎发现后面有人尾随，脚步变得更快，还突然转向杂草更茂盛的方向走去。

西冈感到奇怪极了，不停地叫着："喂，喂，前面的女孩，姑娘，小姐……"

但等他追上去时，发现女孩已经不知躲到何处。西冈不死心地在杂草丛中寻了一会儿，实在是没找到女孩的身影，甚至他都怀疑自己今天是遇到了狐狸精。一想到有这种可能，西冈就感到有点害怕，于是连忙返回青山。

回到家后，西冈得知，阿福今天依旧没有外出。在当时，武士家的女孩不经允许都是只能待在家里闭门不出的。这个规矩西冈自然是知道的，但接连两次遇到那个跟妹妹阿福一模一样的女孩，他心里不自觉地总会多想。

接下来的几天，他甚至开始偷偷地观察妹妹阿福，但是阿福的一切举动都和平时一样，根本看不出有任何异常。

然而，怪事还没完。

七月十三号，正好是盂兰节的第一天，西冈带着妹妹阿福去小梅的菩提寺祭拜。暑天天气炎热，也就早上能稍微凉快点，于是两人选择在清早六点出门，祭拜之后又跟寺庙里的住持打过招呼，就准备返程。

两人走过吾妻桥，来到浅草广小路，大概是因为到了盂兰节，这边人流比平时多了不少。两人只能费力地从人群中穿过。突然，西冈叫了一声——他又看到那个跟妹妹长得一模一样的女孩了。

他马上回头，妹妹阿福正跟在自己身后。而前方不远处就是那个和她一模一样的女孩。阿福依旧跟在他身后努力走着，西冈也只能安慰自己那不过是个跟妹妹长相相似的女孩子罢了。只是，一而再地遇到这种事，他心里难免会犯嘀咕。

西冈小声地跟阿福说："你看看前面那个女孩，是不是跟你长得一样？"

阿福看了一眼后，小声回道："我很少留意自己长相，所以也不知道像不像。我们两个真的很像吗？"

"真的，几乎一模一样。而且最奇怪的是，算上今天，我已经见过她三次了，这简直太奇怪了！"

妹妹阿福回道："那确实挺神奇的。"

但是，因为阿福不清楚自己的长相，所以也没有太过关心这件事。只是觉得哥哥的表现有点大惊小怪。

西冈解释道："你是不知道，你们两个简直跟一个模子刻出来的一样！"

"这么像吗？"

西冈看到妹妹阿福对这件事不怎么好奇，自己也不好一副大惊小怪的样子。但是他眼神却一直盯着前面那个跟阿福相似的女孩，一直看到女孩从人群中消失。

女孩是在一家鳗鱼店附近消失的，但西冈今天不是一个人，不方便一直跟随。但三次见到与阿福长相相似的女孩，他心里的好奇实在是压抑不住了。

当晚，西冈家里也按照习俗点起迎火，女佣阿霜到外面去买东西了。虽然太阳已经落下，但西冈仍然觉得很热，就来到走廊上扇着扇子乘凉。

女佣回来后，问西冈："小姐刚刚有出去吗？"

西冈回道："没有。阿福应该一直在房间里。"

女佣表情怪异地说："我刚刚好像在门口见到小姐了……"

"她有跟你说过话吗？"

"没有。我问她要去哪里，做什么事，她跟没听见似的就直接走了。"

听到这里，西冈连忙进屋，发现阿福确实还在屋里待着，正靠着北边的窗户小憩。

西冈转身对女佣说："你看到的那个女孩是往哪个方向走？"

"就在咱们家门口往右。"

西冈戴上佩刀，离开家。

当晚天色有点阴，天空中只有几颗星星在闪烁。西冈家右侧就是我的叔父家，西冈看到叔父正在门口乘凉，就问道："您刚刚有没有看到我妹妹阿福？"

"刚刚好像是看到她从这儿经过，不过我们彼此都没打招呼。"

"您有看到她去哪儿了吗？"

叔父指了一个方向："好像是那儿。"

西冈顺着叔父指的方向快跑追过去，过一会儿又返回到叔父家门口。

叔父好奇地问道："发生什么事了？这么着急，莫非是阿福出了什么事儿？"

西冈愁眉苦脸地说："确实是出了点事。这事我就只跟您说。您刚刚是真的看到阿福了，对吧？"

叔父虽然纳闷，还是回答道："虽然我没跟她说话，天也有点黑，看得不是特别清楚，但是我也认识阿福那么久了，应该不会看错的。"

"那就是了。其实刚才我家阿霜也说在门口看到阿福了，唉，这件事真的不知道该怎么说……"

接着，西冈就把三次见到与阿福一模一样的女孩的事情告诉了我叔父。

虽然人有相似不是多么奇怪的事，但今晚那女孩出现在自己家门口，这就不容人不多想了。所以他刚刚才想追过去想要要问个水落石出，但是发现早已经看不到那女孩的身影了。

叔父听了西冈的描述后，也不由得皱起了眉，道："这件事确实挺奇怪的。有没有可能她们只是相似罢了，并没有什么其他联系？虽然你遇到过好几次，但世界有时很大，有时很小，说不定只是你们两个特别有缘分，才会一而再再而三地碰面呢？"

"这么说也不是没有道理，但是不知道为什么，我心里总觉得这事儿不会这么单纯。"西冈说道。

"有没有可能……是你家阿福患了离魂病？"叔父试探地说。

"啊？离魂病是什么？就是因为一直闹不明白怎么回事，我心里才非常担心。"

"哎呀！我也只是随口说说，你不要多想了。"叔父察觉说错话，赶紧安慰道。

正当叔父还想酝酿着说些安慰的话时，西冈家的跟班佐助慌乱地从家中跑出来，他看到西冈在这边，连忙冲了过来。

"主人，不好了，不好了！阿福出事了！"

"阿福怎么了？快说啊！"西冈焦急地问道。

"刚刚发现阿福小姐的身体已经变得冰凉，而且不知道从什么时候开始就这样了……"

西冈和叔父一听这话，两人都是大惊，马上跟着佐助快步往西冈家里跑。女佣阿霜正一脸仓皇失措地哭着，阿福在房间里维持着倚靠窗户的姿势，却不知何时已经断了气。西冈马上派人去请医生，但阿福的身体瞒不了人，已经变得冰凉，再不似活人一般热乎乎的。

西冈小声地抽泣道："一定是那个妖怪作祟！"

双亲不在，又失去了相依为命的妹妹阿福，西冈简直伤心欲绝。但他也知道，人死不可复生，只得硬撑着和叔父一起张罗起了阿福的后事。

"下次再遇见那个奇怪的女孩，我一定饶不了她！"

西冈一心想杀了那奇怪的女孩为妹妹复仇，所以总是到处转悠，希望再次碰到那奇怪女孩。然而奇怪的是，从那以后，他再也没有遇到她。

附近有一户人家是旗本武士，俸禄三百五十石，业主名叫猪波圆书，号采石，时年六十多岁。他当时已经退休隐居，之前是研究汉学文化的。西冈鹤之助平时也都有跟着他学习过中文典籍，有时候还请他帮忙润色诗词。

采石居士听说阿福的事后，对西冈说道："你看到的那个奇怪女孩跟你妹妹阿福长相相似，而后阿福又因病猝死。这两件事之间可能有关系，也可能没有关系。但是你妹妹去世当天上午，你在人群中看到了那个奇怪女孩，你妹妹临死之前，那个女孩又出现在你家门口，这就让事情变得复杂了。你认定那女孩是妖怪，也不是没道理。但这世界这么大，稀奇古怪的事一直都有。虽然这次的情况跟书上说的不同，但仍然可以参考。在《奥州咄》一书中记载了一个有些类似的故事。这本书是仙台藩的只野绫女，也就是后来人称真葛尼所写。"

"怎么回事？"

"书中的这段故事是这样的。仙台藩有一个武士有一天出门办事，回家后，发现家中书房的书桌旁坐了一个跟自己长得一模一样的人。他盯着那个人的背影，真的和自己很像。人影很快就消失不见了，他感到这件事太过奇怪，就把事情跟母亲说了。谁知母亲听到后却大吃一惊，但却什么都没有跟他讲。两三天后，那个武士就突然猝死了。旁人事后打听才知道，武士家族里流传一个说法——人在死之前，会看到自己的魂魄。书里还提到，那个武士的父亲当年也是看到自己的魂魄后，没过两三天就突然去世的。我读到这个故事时，并不相信世间有这么奇怪的事，还想着作者是不是听说过离魂病的逸闻，拿来消遣的。但是你家里发生的事证明，或许这并不是无稽之谈。《奥州咄》记载的故事是人看到自己后会死，你家里发生的事是你看到妹妹，而后妹妹去世。而且你还连着看到三次，甚至连女佣和邻居也都看到过，不知道你的家族里是否也有类似的传闻流传下来呢？"

西冈回道："我并没有听说过家族里有这类传闻。"

听完《奥州咄》的故事后，西冈心想，虽然家里发生的事与书中记载不完全一样，但也有些类似。人之将死，魂魄也会偶尔离开肉体，这种传闻看来是真的。阿福从五月底开始就会偶尔陷入昏睡，在白天也经常瞌睡不醒。身子这么虚弱，魂魄离体也不是不可能的。

西冈对叔父说："自从听采石居士讲过离魂病的故事后，我心里经常感到害怕，有时走着走着，就担心会遇到跟自己长得一模一样的人。"

不过，阿福去世后，西冈再也没有遇见过那个跟阿福相似的奇怪女孩，也没有遇到过跟自己相似的人。后来，他一直健康地活到明治维新后。

明治二十四年春，东京很多人都换上了流感。正月，西冈到叔父家拜年，两人喝完屠苏酒喝清酒，边喝边聊一直到半夜。

西冈说："你知道吗，自从妹妹阿福出事后，我心里一直都有个阴影。但如今我也活到这把年纪了，孩子也都长大成人了，我也马上就要六十岁了，即使遇到了跟自己相似的人，我这辈子也没什么遗憾了。"

　　奇怪的是，半个月后，西冈患流感去世，据说患病后只扛了五天就撒手人寰了。谁都不知道西冈在临死之前有没有看见过自己的魂魄，西冈的后人也从未提起过类似传闻。

**6**

盂兰盆节之夜

"现在回想起来，距离那件事发生已经过去三十年了。三十年前的我还是个穿着校服不知天高地厚的学生，那时候我在东京读书——啊，一晃三十年了，我想想那时应该是明治三十几年的样子，你们有的可能都没有出生呢。"

企业家浅冈先生笑着说了一番开场白，他的头发、胡子都已经花白，在他的面前坐着几个年轻一辈的职员们，此刻外面正下着绵绵的秋雨。

天已经黑了，浅冈先生说起了三十年前那个八月的故事。

三十年前，我在东京 M 学校读书，妹妹美智子在 C 女校上学，我们都住在东京的一户亲戚家中，这是我们本乡的亲戚。仔细算算，当时的我应该是二十二岁的样子，美智子小我四岁，当时是十八岁。我们那个时候的年轻人，可比现在同年龄的人成熟得多。

七月份正值暑假，我和美智子按惯例在暑假回到乡下去，我们的老家在山阴道。山阴道是个好地方，面朝日本海，在那里有个小县城A，我们的老家就在那里。

其实我和美智子每年暑假都会回老家去，连续几年都是如此，所以我对回家有点提不起劲。最后我只能告诉妹妹，我决定不回家了，邀上两个好朋友一起去中禅寺过暑假。中禅寺在日光一带，那里有湖泊，夏天非常适宜。七月十二号那天，美智子先我一步离开东京，我送她在新桥火车站上了车——我这辈子都不会忘记这一天。

那天是农历七月十二，夜幕降临的时候草市开始了，东京的银座大街草市摊子鳞次栉比，我帮美智子拿着她的行李，美智子自己则提着小篮子，我们俩在热闹的人群中穿行着。

走着走着，美智子转身对我说道："哥哥你看，挂在这么热闹的草市里，盂兰盆的灯笼看上去真是寂寞啊。"

"啊，是啊。"我心不在焉地随口应答了一声。

事后我回想起妹妹的这句话，总觉得这或许就是一个征兆，美智子也将变成被人们用灯笼供奉的人，与我永远天人两隔。

美智子离开后大约过了一周，我和我的朋友一起去了日光，还攀登起了日光山。暑假刚开始的时候，我还志气满满，打算趁着暑假好好读书。结果恰恰相反，我每天和朋友一起玩耍，读书什么的全都抛在脑后。我们每天一起在凉爽的湖里游泳，或者到古战场附近悠闲地散着步，总而言之就是游手好闲地过起了日子。

一个月很快就过去了，八月十九号的那个晚上，我接到了亲戚发来的加急电报，电报里告诉我，美智子在老家意外离世了，让我立刻回家。

收到电报的我顿时觉得五雷轰顶，我根本不敢相信，第二天我就抛下了我的朋友们，下山回到了东京。亲戚面对我的质疑，解释说他也是收到了电报，知道了美智子过世的事，具体的情形并不知晓。据他猜测，美智子可能是得了急症。如今不管怎么想都是胡思乱想，除了急症之外，要么就是天气太热，酷暑难当，染病而亡。尽管酷热不像霍乱那么致命，但也有可能让人换上肠胃炎之类的急病。总而言之，我得回到老家才知道究竟是怎么回事了。

想到这里，我立刻收拾了一番出发了。

一路上我都在想着美智子，一个月前，我陪美智子走过了这条路送她去车站回老家，一个月后，我独自走过这条路，搭上美智子曾经搭上的列车，为了回老家为妹妹奔丧。一想起那天妹妹看到盂兰盆灯笼时所说的话，我心里涌起无限悲伤。

回家的路上除了烈日炎炎还是烈日炎炎，没有什么值得我注意的，我满脑子都惦记着美智子，惦记着家里的一切，心想，阿清现在一定很难过、很伤心吧。

我家在A县城经营着一间铺子，批发各种海鲜，生活算得上是富足了。我们家隔壁也有一家经营海鲜生意的滨崎家，生意同样很红火，滨崎家原本就和我家是亲戚，他们家的独生儿子阿清是我的表哥。

阿清已经从大阪的学校毕了业，回到家中帮忙经营生意，美智子与阿清的婚事两家早就定下了，打算亲上加亲，结成夫妻。阿清一直在盼着美智子从女校毕业，这样两人就能成亲了。上个月我送美智子到车站时，我还托她向阿清问候一声。我一提起阿清，美智子就双颊通红。回到老家的美智子一定会和阿清见面的，毕竟大家本就是邻居，可是美智子如今却突然去世了，阿清的心里一定伤心极了。等阿清见到我，肯定又会悲伤不已。

天气如此炎热，我知道自己肯定赶不上美智子的葬礼了。果然，我刚进家门，就被告知美智子的葬礼在前一天傍晚就举行完毕了。

"我现在就去给美智子扫墓。"我低下头跟母亲说道。

"去吧，美智子也许还在等着你。"母亲双眼通红地回答。

我连衣服都没来得及换，一身棉布衣服和棉布裤子，白色的底上是蓝色的花朵，一顶草帽戴在头上遮住夕阳的余晖，快步往附近的菩提寺跑去。乡下地方原本就不大，菩提寺离我家并不远，大概两三町的距离。菩提寺是座古寺，寺里有许许多多高大的梧桐树，穿过高高的山门就是我们家族的墓地了，知了趴在树上凄凉地唱着。

我一眼就看到了美智子的坟墓。按照我们的习俗，卒塔婆静静地伫立着祭奠亡魂，白纸糊的灯笼静静发出亮光。而且，此刻有人正在坟前祭拜着。

看着熟悉的背影，我立刻就认了出来，那人正是阿清。我不知道见面该如何安慰他，只好一边思考着一边慢慢走近。阿清完全没有发现我，默默地双手合十静静地沉默着。我不想打扰他，就这样安静地站在他身边。过了一会儿，阿清颓然无力地站了起来，看见了站在他身旁的我，忽然激动地抓紧了我的手臂，随后他突然哭了出来，像个孩子一样流着泪放声大哭。

阿清其实比我大几岁，美智子过世的时候，他已经二十四岁了。堂堂一个男子汉就这样痛哭流涕，按理说是会被人笑话的，可是我一点也笑不出来，反而更加悲伤，也忍不住哭了起来，我们就这样对着哭了好一会儿。哭过之后，我就到妹妹的坟前祭拜了起来，阿清不舍得离开，我苦苦规劝他，让他不要太过伤心。

"这事情太突然了，我都被吓坏了。"

"是啊，你也吓坏了吧，"阿清说道，"光是听到这样的消息就已经够吓人了，而我还目击了整个事情，我……"

"什么？美智子去世前你在她身边？"

"美智子的死因，你还不知道吗？"

"啊，我刚刚才从东京赶回来，说实话一进家门我就来祭拜了，什么都不知道，美智子她到底是怎么了？"

"你不知道……不知道……"阿清显得有些异样，嘴里喃喃地说道，"或许什么都不知情才比较好……"

"这么说来，美智子不是因为急症去世的？"

"怎么可能是生病！美智子要是生了什么病，我就算倾家荡产也一定把她治好！可是……那是怪物啊！海里的怪物就这样突然冲了过来，我们能做什么呢？我们什么都做不了！"阿清双手紧紧地握成了拳头。

"阿清，你冷静下来，告诉我到底是怎么回事。美智子的死很不正常吗？你当时就陪在美智子的身边，对吗？"

"是，我一直在，直到最后一刻，我都在美智子的身边。我甚至想和美智子一起去死的，可是为什么只有我活了下来，为什么死的是美智子呢？！"阿清突然激动起来，"你相信妖怪吗？我一直都不信，我觉得那都是迷信，可是现在，我只能信了。其实我心里是反对迷信的，我不信，可是周围的所有人都觉得我已经信了。"

阿清絮絮叨叨地说着，而我完全不明白他究竟在说什么。

过了好一会儿，阿清的情绪总算得到了平复，对我说道："接下来，你只需听我说。你知道，老家这里有规矩，盂兰盆节的时候不可以出海。老人们总说，盂兰盆节这天出海一定会遭大难。我其实不知道为什么有这种迷信的传闻，可能是过去有人想在盂兰盆节这天把大家留在岸上过节吧。毕竟出海捕鱼是杀生，不适合盂兰盆节。我一直都是这么认为的，所以也从来没把这个传闻当回事。今年暑假，美智子回家了，我们像过去一样每天都在一起，时常开着小船一起去海上玩。这些都和往年一样，并没有什么特别之处。"

"嗯，的确如此。"我点了点头。早在美智子回家前，我就觉得美智子这一次回家一定会和阿清一起过暑假，因此，阿清这么跟我说，我一点都没觉得不妥。

"本月十七号那天正好是农历的盂兰盆节，本地的许多店也因此歇业休息，海边有人跳起了盂兰盆的舞蹈。这天的天气依旧酷热难当，太阳下山之后，山间的凉风一点点吹来，总算让人感觉舒服了一些。我早就和美智子约好了等吃过晚饭就把她叫出来，我们计划和往常一样开着小船出去游玩。然而我们家的掌柜却大声斥责了我。你认得他的吧，那个大光头万兵卫。他一听说我要开船出海，就非常生气地阻止我，让我无论如何都不能在盂兰盆节这天出海。"

"我心里满不在乎，不过是一个盂兰盆节而已，大阪的贸易船可从来不会在盂兰盆节停止出海。所以我根本没有把他的话放在心上，径直走到了屋外。但是万兵卫非常固执，他追在我身后大喊，今晚所有的渔船都歇业不再出海，坐船出去游玩更是不应该。但我还是没有理睬他，反而把他狠狠地骂了一顿。美智子被万兵卫吓到了，我安慰了许久，并答应万兵卫我们很快就会回来，就这样，我们俩结伴去了海边。"

阿清边走边说，随手还摘了路边一朵淡紫色的桔梗花。知了的声音再次响起，不知躲在什么地方唱着凄凉的歌。

阿清看着手里的桔梗花出神，隔了好一会儿才说道："你知道的，沙滩上总会停着我们家的船，我看到船就上前去把它放了下来，然后带着美智子一起坐上船。我们就和过去的每一天一样，我负责划着桨。那晚的天气好极了，漫天的繁星围绕着明亮的月亮，海上也是一片风平浪静，一扫暑气，清凉极了。我和美智子已经不是头一次出海了，但从未遇到过这么美的夜色，我们一边聊着天，一边划着船，还唱起了歌。当我们回过头时，看到岸边点燃的烟火，盂兰盆节的舞蹈和歌声被海浪一点点遮盖，离我们越来越远，回过神来才发现我们已经离岸很远了。但是我并不觉得有什么危险，我继续划着桨，毕竟我们从小就在这片海岸边长大，大海对我们而言是如此熟悉。"

"在这个时候，美智子突然说：'传说在盂兰盆节出海会遭到灾厄的袭击，但不知道这样的传闻到底是怎么来的呢？'我把自己一直以来的想法说了出来，回道：'也许是有人想把家人留在家中过节，不去捕鱼杀生吧。'可是美智子却忽然叹了一口气，似乎非常失望，说：'真的只是这样吗？掌柜方才说，如果今晚出海就会遭受灾厄，可你说这些传闻只是迷信而已。然而，传闻不也是数百年的真实经历才会传下来的吗？'"

"要知道，美智子可是读过书的人。她一点也不古板守旧，也并不胆小怯懦，她总是理性而活泼，可是那晚她却说出了这样奇怪的话，简直就像是万兵卫附体一般，让我有点摸不着头脑。原本神采飞扬唱着歌曲的美智子看起来有些抑郁，她忽然沉默下来，船上气氛实在有点怪异。"

阿清长嘘了一口气，把手中的桔梗花抛在了路边。

"那么后来呢？"

"后来，我继续和美智子聊着。我说：'传闻就算是数百年来传下来的真实故事，但这么多年的时间里，在盂兰盆节上出海的人一定也有几个。有一两个人遭遇了海难，就碰巧地成了证明，就被说成只要在盂兰盆节出海就会遭受灾厄，那也是不正确的。'"

"美智子却并不觉得我的说法是正确的，又继续说道：'如果真的是巧合，那也没有办法保证我们俩今晚就不会遇上……'我亲耳听到美智子这样说话，但我依然不敢相信这是美智子说出来的，不过再这么聊下去，这个话题也不会有结束的时候，我决定还是按照美智子话里的意思，把船划回岸边去。"

"可就在这个时候，发生了奇怪的事情。美智子突然害怕地扑过来抓住了我的手，颤抖地问：'你看……你快看……那个是什么？是人鱼吗？'我被美智子吓了一跳，以为出现了什么异常，可是我放眼望去，并没有看到任何奇怪的东西。我猜想，这也许是美智子胡思乱想后的错觉也不一定，因此没有多加注意，只是使劲地划起了船，想快些回到岸上。可是美智子却好像真的看到了什么异常的东西，她非常害怕，如同被章鱼附身了一般牢牢抓住我的手，不停地重复着：'你看呀！人鱼！它来了！'我的手被美智子牢牢抓住，甚至没有办法再划船了，船儿开始在原地不停地转圈，就在这个时候，我看到了……"

阿清突然停了下来，双手大力地抓住我的双臂，仿佛就像船上的美智子一样牢牢地抓住救命的稻草。

我连忙问："什么？你看到了什么？"

"海面上闪烁着银色的月光……"阿清的思绪又飞回到了那天的海上，他的喉咙里似乎有什么东西在阻止他说出那天的一切，"海面上有一个人的脸！我看到了！我真的看到了！那是一个人头，上面是一个人的脸，在浪花中冒了出来……"

"是什么东西？你看清楚了吗？"

"嗯，我看清楚了，那就是一张人的脸！就跟美智子说的人鱼一样……"

"会不会是海龟？"我反问道。

海龟有两种，一种是青色的，一种是红色的。小笠原岛周围就捕到过许多绿蠵龟，颜色是绿色的，但是还有一种只生活在日本海中的海龟，它们是赤蠵龟。虽然被叫作赤蠵龟，其实它的颜色并不是赤红色，而是接近红褐色，有时候还会出现体形非常巨大的赤蠵龟。

阿清的形容让我第一时间就想到了这种赤蠵龟。也许是那晚夜色迷蒙，所以让阿清和美智子都出现了错觉，把浪花里探出头来的海龟看成了人脸。

阿清听了我的话，点了点头："也许真的是海龟吧，美智子把它认成了一张人脸，我乍一看的时候也觉得那就是一张人脸。要是当时你在场，没准也会觉得那就是人脸，一条人鱼或者其他什么妖魔鬼怪，比如美智子，嘴里就一直喊着人鱼。我被美智子的叫喊声吓到了，睁大了眼睛仔细地往海上看，那张人脸又忽然沉到了水里。没过多久，它又从水中探出头来。我只觉得糟糕，心里的惊慌一下子变成了巨大的恐惧。就算是再怎么有经验的渔夫，恐怕也没有遇到过这么可怕的事情！"

阿清整个人像筛糠一般剧烈地颤抖起来，像是被巨大的恐惧攫住了灵魂。

离开墓地，我和阿清就这么沿着道路慢慢地走着，可是现在，阿清浑身颤抖着，无论如何也没有办法再继续往下走了。我扶着他停在了路边，继续刚才说的事。

"你刚才说那东西是海龟，如果真的是海龟，那未免太可怕了。我从人脸的错觉里一下子清醒了过来，也觉得这人脸就是一只大海龟。可是美智子并不这么觉得，她坚信这就是人鱼。但这并不可怕，可怕的是，接下来，海龟一只变成了两只、两只变成了三只、五只、十只……越来越多的巨大海龟出现了，它们一下子包围了我们的小船。海面始终非常平静，平静到令人感到可怕的地步，连一丝风都没有，一点动静都没有，简直好像是所有的海浪都停止了拍打。美智子和我一起，就这样在一个远离海岸的海面上被巨大的海龟团团围住了，我们抱在一起，不知道该怎么办。"

"我忍不住想，这么多大海怪把我们围起来，是要做什么？猛一转头，就看到许许多多的小海龟爬上了我们的小船。放在平时，这种小海龟根本不足为惧，直接拎起来扔回海里就是。可是这一次，美智子却十分害怕，她的害怕让我更加恐慌。我奋勇地把爬到船上的小海龟拎起来，向周围的大海龟身上扔去，与其说是扔，不如说是砸。我想用这些海龟给我们砸出一条路来，好让我们回到岸边去。事实证明，这样的进攻的确有些效果。但是海龟实在太多了，大海龟夹着小海龟左右夹击着我们的小船，源源不断地从船尾爬上来。它们想做什么？大概是把我们当成了食物想要吃掉吧。海里的海龟会吃鱼、吃螃蟹、吃虾米，可谁也不知道海龟会不会吃人，更何况有那么多的海龟轮番地攻击着我们。"

"危险，实在是太危险了！我几乎筋疲力尽，而美智子已经昏倒在船上。到底有多少海龟？我根本数不清，小船的四周都是乌龟的壳，在月光下发出诡异的光芒……你说，要是你遇到这样的情形，你会怎么做呢？到最后，我实在太累、太害怕了，一点力气都没有了，动都无法再动。"

听着阿清的描述，我仿佛也跟着回到了那天的船上，毫无用处地绝望挣扎……我感到冰冷的寒意，忍不住有些颤抖。

"到了这种地步，除了拿起船桨保护自己之外，还能做什么呢？"阿清突然带着讽刺的语气说道，"这种幼稚的做法根本就不会有什么用处，而且我们根本没办法赶走那么多的怪物。这些海龟，远比人鱼可怕千万倍！是的，就是千万倍！它们折磨着我们的肉体、折磨着我们的精神，从各个角落攻击着我们的小船，想想海龟的重量吧，鬼知道它们是怎么爬上我们的小船的。总而言之，它们就这样疯狂地爬到我们的船上！不是一只！而是好多只！每只海龟的背上，都背着一只更小一号的海龟！它们叠起来，就像是一座座小型的移动堡垒，太可怕了！我们的船吃水越来越深，那么多的海龟，就像是石头一般，把我们的船逼得向下沉。我知道这时候喊救命是没有多大用处的，但除了高喊救命，我们还能怎么办呢？我们离海岸实在太远了，只有海风在回应我的呼喊，我的呼喊声被大海埋没了！如果那天是平时的夜晚就好了，那样海上至少还有别的船只，我们也许有被拯救的希望，可偏偏那天是盂兰盆节。就像掌柜所说，所有的船都歇业休息了，海上没有一条船。岸上的人们还在欢快地跳舞、唱歌、燃放烟花，没有人知道我们的痛苦，只有月亮和星星冷漠地看着我们一点点走向崩溃，毫无办法。海龟们像是看出了我们的无力，更加疯狂地涌到船上来。小船承受不了猛增的重量，开始下沉，冰冷的海水漫了上来。我放弃了挣扎，闭着眼睛用力地抱住美智子。你知道的，我从小就在这片海边长大，我的水性让我能挽救自己，哪怕离海岸再远，我都可以一鼓作气地努力挣扎回去，可是美智子不一样，我没有办法丢下她一个人不管。我的心死了，我打算抱着美智子一起等死……就当我是傻吧，就算是死我也想和美智子死在一起……至于之后发生的一切，那都是噩梦啊……"

"所以，到最后的时候，船彻底沉了，你被救了上来，但美智子死了？"

"是啊，结局就是这样……"阿清痛苦地流出了眼泪，"噩梦醒来的时候，我的身边不再有美智子了……我醒了之后才知道，那天掌柜看我们一直没有回来，担心我们出事，召集了人手冒险出海，找到我们的时候，船已经沉了。我会游泳，因此也没有喝太多水，被救上来后很快就清醒了，但美智子……我们想尽了一切办法救她，可是她早已四肢冰凉，没有了呼吸。早知道是这样的结局，我还不如直接死了，我万万没有想到自己得救了，可美智子却死了，强烈的负罪感让我痛不欲生……到了第二天一早，我们的小船漂到了远处海湾，奇怪的是，里面连一只海龟都没有看到……"

"既然人已经死了，你也别太惦念，不然美智子走得也不安心，你已经尽全力保护她了。倒是你，你的身体现在已经恢复了吗？出门不要紧吗？"我宽慰着阿清。

"我躺了一整天，身体已经没有什么问题了。我只想着要去美智子的葬礼上道歉，可是所有人都劝我不要去。今天，我下定决心来美智子的坟前忏悔。我始终想不明白，我独自一人被救活，到底是运气好，还是运气不好？明明不顾劝阻的人是我，可为什么偏偏报应在了美智子的身上？"阿清的脸因为过于悲痛而失去了血色。

"我也不想做一个轻信这些的人，可是就像美智子说过的那样，你们或许就是因为运气不好，所以才遭遇了这样的祸事。"我继续安慰道。

故事到这里就结束了。

关于盂兰盆节不能出海的传闻，无非就是传说而已，不能当真。但是那么多的海龟为什么要围攻那艘小船，让小船彻底沉没呢？其中的缘由没有人知道。或许，它们从海水里探出头来，只是想晒晒月光，所以把小船当成了海中的礁石？

不管怎么说，连镇上的老人都从没有听说过大量海龟跑来弄沉小船的事。但如果那些海龟真的是普通的海龟，那又是怎么爬上船的呢？这一切实在让人想不通，我也并没有亲身经历整件事，因此只能当个旁观者，跟大家说一说了。

7

青灯鬼物语

"事情发生的时候，是在八十年前。"O君开口刚说了一句，就扑哧笑出了声，然后继续说道，"也可能不止八十年，差不多是弘化年间的事情，大致是在元年或者二年的九月份，发生在上州一位大名的城子里。"

下面便是他说的故事。

九月正值秋天，夜晚，一位年纪轻轻的武士在城里巡逻，秋季多雨，这雨从前一天夜里开始就淅淅沥沥下个不停，绵绵细雨一直下着，让夜晚显得格外阴森。

不管是什么年代，人们总是喜欢在夜晚讲几个怪谈故事，几个武士就凑在一起，讲起了怪谈故事。其中一名武士中原武太夫，被大家尊称为前辈，他第一个开口。

"这世间究竟有没有妖怪，每个人都莫衷一是，人们对妖怪的存在议论纷纷却始终没有定论。像今夜这样的阴森雨夜最适合怪谈了，我们就在这里来一场小小的青灯鬼物语吧，看看是不是真的会有妖怪出现。"

"好啊，听起来很有意思啊。"众人纷纷应和。

在场的都是武士出身，而且都是血性少年郎，这个提议立刻就引发了大家的兴趣，青灯鬼物语就这样开始了。

首先，大家按照传说中的那样，用一张青色的纸做成罩子放在灯座的口上，然后再放足足一百条灯芯——这是传说中的青灯鬼物语规则。摆完灯芯后，把特制的青灯放在内宅的书房之中，边上再放上一面铜镜，大家约定好，每讲完一个怪谈就熄灭一根灯芯，然后在铜镜前照一照。内宅的书房距离谈话的地儿大约有五间房那么远，除了那盏青灯之外，没有其他灯，讲完怪谈后，需要穿过一段黑暗的距离才能走到书房去。

"这个仪式名叫青灯鬼物语，又叫作百鬼物语，是不是一定要一百个人？"有人提出了疑问。

这个倒没有确切的说法，许多人觉得青灯鬼物语，传闻的"百"是个虚指，意思就是很多，也没有明确的说明非要一百个人不可。再说了，武士们全部加起来也绝对没有一百人，不过，虽然没有一百个人，但故事却不只有一百个。

于是大家抽了签，每个人讲三四个怪谈。尽管这么安排了，大家还是觉得人越多越好，于是大家把司茶和尚给叫了过来，司茶和尚没有心思参与怪谈活动，但是架不住众人的邀请，只好一起来了。

最后大家总结了一下，既然举办了青灯鬼物语，就一定要讲到一百个怪谈。为了能够快点讲完一百个怪谈，大家相约挑简短的怪谈来讲。这怪谈一讲起来，时间就像有了加速度一样飞快流逝。中原武太夫轮到讲第八十三个怪谈故事，此时，已经差不多是凌晨两点了。

这已经是第三轮了。中原在前两轮里就早把自己记着的怪谈都说完了，只好又简单地讲了一个某座寺庙里的比丘尼和当地的一个诸侯家的武士有私情的怪谈，两个人最后都变成了妖怪，故事相当俗套。

一说完，他就起身去青灯处熄灭一根灯芯。

正如之前所说，青灯放置的地方在远处的书房之中，必须摸黑走过足足五间房的距离。虽说有点吓人，但中原武太夫已经是第三次讲故事了，在此之前，他已经走过了两回，因此现在他一点都不害怕，周遭的黑暗对他影响并不大，他能在黑暗中找到纸门并前往书房。

就这样，他很快来到了青灯所在的书房。他回头一看，模模糊糊看到自己方才经过的房间里有什么白色的东西依附在右侧的墙壁之上，于是他好奇地转过去仔细打量了一下，那墙上似乎是有一个身着白衣的女子，她仿佛是被什么东西吊住了一样，挂在右侧墙壁顶的天花板上。

"哎呀，传闻竟然是真的！人们口耳相传的妖怪原来真的存在呢，这应该就是妖怪吧。"中原武太夫心里默默想着。

尽管真的见到了妖怪，但他向来胆子颇大，并没有被吓到，而是按照游戏的规则前往书房，按照之前约定好的熄灭了一根灯芯，然后把青灯旁的铜镜拿起来瞧了瞧。

然而铜镜里什么都没有，也没有他预想的奇异现象。于是他又回头看了看，果然，墙壁上那个白衣女人依旧还在。

中原武太夫回到了自己的座位上。刚才看见白衣女人的事情，他没有告诉任何人。

现在已经到了第八十四个故事。觅基伍右卫门讲完简短的怪谈之后起身前往青灯所在的书房，随后又顺利返回。之后大家也都按照顺序讲述了怪谈，并前往书房，全都顺利地回来了，没有一个人提起墙壁上的白衣女人。

中原觉得十分奇怪，暗暗地想，莫非这个妖怪只有自己才看得见？还是说大家都看到了，只不过都和自己一样，明明看到了却故意保持沉默？

正当他思索着的时候，第一百个怪谈讲完了，最后一根灯芯也被熄灭，整个房间陷入了一片黑暗之中。

满腹狐疑的中原忍不住问了起来："既然第一百个怪谈说完了，那么今晚的青灯鬼物语也就结束了。话说，大家有看到什么奇异的现象吗？"

此言一出，大家都沉默不语，房间里的气氛有些诡异。

这时候，觅基伍右卫门膝行了一步上前，说道："其实，我刚才怕说出来吓到大家，一直没有敢说。我讲完第八十四个怪谈，去熄灭灯芯时，看见了一个不可思议的东西。"

大家一看有人说了出来，纷纷表示自己刚才也看到了相同的奇异景象。大家开始追问到底是从第几个故事开始出现的，最后发现，早在本乡弥次郎讲完第七十五个怪谈起，后面的每个人都有看到那个奇异的景象。大家都选择不说，是怕被人耻笑自己胆小，只好一个个故作镇定，假装无事发生。

"好了，就不要再追究了，我们现在一起去看看那究竟是个什么妖怪。"

于是中原带头起了身，离开座位，众人都跟在他的身后。方才灯火熄灭后，房间一片昏暗看不清楚，随着灯火重新点燃，大家才看到，这个白衣女人是一位相当美丽的少女。她看上去大约十八岁的样子，穿着一身白色丝绸衣服，长长的头发垂到地面，看上去像是在墙上悬梁自尽。

即使是被众人围观，白衣少女也没有任何变化，大家开始怀疑她究竟是不是妖怪，不过大部分的人还是觉得她不像是妖怪。最终大家决定保持原状，等待天亮再做决定。

于是房间前后的纸门都被紧紧关闭，众人在房门前看守着，不让任何人出入，上吊的白衣女人始终一动不动地悬挂在墙壁上。

没过多久，秋雨停了下来，东方开始微微发亮。奇怪的是，那个白衣女人却没有因为天亮而消失。

"这实在是太奇怪了。"众人都不知道该如何形容。

"不！这没有什么奇怪的，这个女人应该是人，而非妖怪。"中原大声说道。中原一开始就认为这个女人不是什么妖怪，现在他觉得自己的见解实在是太正确了，忍不住笑了起来。

但是，如果这个白衣女人是人不是妖怪，那么就不能放任她继续悬挂在墙上了。于是大家不免慌乱起来，赶紧向内务官报告了情况，内务官听说有人上吊，立刻赶了过来。

"哎呀！这是岛川夫人呀！"闻讯而来的内务官认出了上吊的

女人。

据说，岛川夫人常常被招去侍寝。大家听说了她的身份，不由感到惊讶。在大名的城中，内外都有着严格的区分，不同的身份只能在不同的区域内生活。很多官员感到无比诡异，因为内宅的女子是无论如何都不会到这种地方来的。假设她真的是有什么原因不得不上吊自杀，又怎为什么特意跑到这里呢？

可是不管怎么看，这个女人都和岛川夫人长得一模一样。要么这只是一个长相与岛川夫人相似的女人，要么就是有妖灵作祟。无论究竟是何种情况，此时都不能过多走漏风声。官员们严厉地告诉众位武士，不允许到处宣扬，然后迅速把情况汇报给了内宅管事。

此时的内宅管事名为下田兵卫。在收到了有关情况的汇报之后，他不禁陷入沉思。良久，下田兵卫决定前往内宅拜见岛川夫人。但他却没能见到岛川夫人，仆人告诉他，岛川夫人昨天晚上感到身体不舒服，很早就卧床休息了，因此无法见客。

下田兵卫感到事情没有那么简单，于是又再三请求道："在下知道夫人身体欠佳定然需要好好休息，但在下实在有非常紧急之事需要求见夫人，还请夫人见在下一面。"

下田兵卫表达了自己求见的意思后静静地在围栏外等候着，过了一会儿，岛川夫人缓缓从房间里走了出来，看上去确实身体欠安，十分憔悴。

下田兵卫看到岛川夫人依然健在，没有失踪也没有自杀，悬着的心暂时放了下来。

岛川夫人见状后却十分疑惑，不知道为何对方要贸然求见。下田兵卫不敢多言，随意说了几句后匆匆离开回到了外宅，结果却被告知那位悬梁的白衣女子已经消失不见了。中原等武士一直守在屋子门口，没有任何人进出，但那个悬梁的女子就这样莫名其妙地消失无踪了。听闻这个消息，下田兵卫惊愕万分。

"方才我在内宅见到了岛川夫人，她虽身体欠安但平安无事，这么看来的话，原本在屋中悬梁的白衣女子就是妖怪了。此事非同小可，你们绝不可以泄露半句。"

原本大家觉得这是妖怪，结果观察后发现是真人，可是经过确认又发觉的确是妖怪。事情实在太过离奇，一众武士纷纷觉得像是做了一场大梦一般。所有人都看见她切切实实地出现，又突然凭空消失，谁也不知道到底发生了什么事。

而岛川夫人也在不久之后身体痊愈，依旧在内宅生活着。又过了两个多月，岛川夫人再次表示身体不适，闭门不出。后来的某个深夜，岛川夫人在自己的屋中悬梁自尽了。有传言说，岛川夫人之所以身体不适，是因为她与他人结了仇。

大家不由地回想起之前出现在外宅书房中自尽的女子，她的面庞与岛川夫人一模一样，难道那个消失的女子真的是妖怪吗？也许那时候的岛川夫人就已经铁了心准备自杀吧，所以她的灵魂才会离开肉体，出现在了众人的面前。

　　中原武太夫在晚年的时候才把自己的想法说了出来，但这件事已经是无法解释的谜团了。或许真的和之前故事中所说的一样，是一种魂魄离体的诡异病症吧。

8

老宅怪谈

按照座次排名，这次终于轮到我来跟大家讲一个故事了。这个故事，是我从我父亲那里听来的。

　　我父亲出生于天保五年。这个故事发生在他二十一岁的时候，也就是安政元年。那年夏天，某位后来获得了子爵爵位的知名人士遇到了一件非常怪的事情，当时他居住在麻布龙土町的一处度假屋里。他平时并不在这里常住，以前的业主二房妻子曾经在这里削发隐居。这座宅子因为并不常有人住，所以显得有些荒废，院里杂草丛生。

　　这里曾经发生了几件怪事，其中第一件就是屋内的大小青蛙实在是太多了。据说，这个房子的主卧、次卧、客厅、用人房，甚至是厕所里都经常有青蛙出没。到了夜里，甚至还有青蛙直接钻进人的蚊帐里，让大家深受其扰，想了很多办法来把青蛙赶走。

一开始，并没有人把这件事与鬼怪联系起来。有人觉得，这可能是因为院子里杂草太多，青蛙才会这么猖狂，于是就请人来除草。但令人觉得奇怪的是，明明杂草已经被铲除了，青蛙却还是源源不断地出现。正当众人拿这些看似无穷无尽的青蛙毫无办法时，半个月后，青蛙却突然集体消失了，虽然众人之前天天都在祈祷赶紧赶走这些青蛙，但青蛙消失得这么突然，众人都觉得有些奇怪，心里也都有些不安。大家害怕青蛙之后又再出现，然后给他们带来灾祸。

果然，青蛙消失后没过几天，就发生了第二件怪事——榻榻米主卧里的天花板开始往下掉石头。在当时，人们认为天降石头是因为有狸猫在作怪，狸猫们用脚刨开石头，再扔下来。

但这次的事情显然并不一样，因为石头从天花板掉下来时一点声音都没有发出。而且，也并不只固定发生在某一个房间，其他屋子也有石头从天而降，只是主卧和客卧出现得最为频繁。到后来，原本只在后半夜出现的石头，在白天也经常出现，而且落下的大多是碎石。于是，主家派了几名武士去全天执勤，可石头雨依然频繁出现，谁都弄不清楚到底是什么原因造成的。

主家怕这件事被外人知道，影响声誉，所以要求全家上下严格保守秘密，不得对外透露。然而纸包不住火，有年纪小的武士没忍住，对外张了口，这件事到底还是传了出去。

我父亲的朋友在当地担任公职，为了查明真相，便叫我父亲一起跟着执勤。按理来说这样是不合规矩的，但因为我父亲跟主家的几名武士原本也是朋友关系，所以倒也没认真计较什么。我父亲是一个无神论者，他胆子很大，他觉得一定是有小人在作怪，就兴致勃勃地加入了执勤队伍。

那会儿刚好是六月中旬，天气很热，快要入伏了。那一天，下午三点之前还没出现过异常现象。父亲吃过午饭出门，到那里的时候，几名武士正在客卧里下棋打发时间，院里还偶尔飘过几只小飞虫。

就在这时，天花板上突然掉下来一块石头。父亲和武士们连忙抬头向上看，却什么都没发现。父亲捡起掉下的石头，可是也没研究出什么，那不过是块普普通通的石头罢了。奇怪的是，天花板非常完整，根本看不出石头能从哪里掉下来。

但接下来发生的事情实在太奇怪了，只要父亲和武士们一低下头，天花板上就会掉下石头，当他们抬头向上看时，又什么都没发现，而且石头降落下来时竟然静悄悄的。

这种诡异的现象一直延续到了夜里。大家都感到有些恐慌，不敢再去探个究竟，唯独一名名为猪上的年轻武士发着牢骚说道："这样下去太被动了，我猜一定是狸猫或者狐狸在作祟，不如我们直接拿枪毙了它。"

然而，他牢骚还没发完，头部就突然被石头击中。他大叫了一声，瘫倒在地。

这是到目前为止降落下来的唯一一块大石头，而且不偏不倚，刚好击中了他的额头。众人看着他的伤口在不断流血，都感到惊恐万分。

大家觉得，天花板上一定是有人在盯着他们，就把天花板翻开一一检查，不过还是什么都没有发现。那天夜里，猪上开始发烧，一直昏睡了二十多天才醒过来。

父亲本来想着第二天夜里再继续执勤，但因为这事毕竟不合规矩，所以武士们拒绝他的请求了。后来，父亲听说，天降石头的事情一直持续了一个多月才消停，而且消失得也很突然。

父亲虽然并没有亲眼看到后面还发生了什么怪事，但他亲眼看见了天降巨石，而且猪上也因此受伤，还昏迷了二十多天，实在是太过离奇，众人谁都没真正弄明白这从头到尾到底是怎么回事。

另外一件事，我不知道算不算怪谈，不过终归有点不太寻常。

事情发生在文久元年。父亲接了一个任务，要去外地出差。那时候，我的小叔已经年满十九岁，父亲就带着他一起出行。在当时，富津那边被竹林和稻田包围，一直到木更津区域，才开始出现了一些人迹，能看到几户农家和小店铺。炮台建成后，那边还渐渐出现了一些小饭店。

那年九月里的一天，父亲带着小叔和同事吉田武士一起赶路，到了中午时，他们就在路旁的一家小饭店吃午饭，稍做休息。小叔和吉田的酒量都不错，就喝了几杯。我父亲一向不擅长喝酒，但也一直作陪，三人这顿饭吃到了下午四点才散场。

我要讲的怪事就发生在这时。三人正在田间小道上赶路，小叔走道已经显得有些跟跟跄跄的，差一点跌进稻田里。我父亲觉得他肯定是刚刚贪杯了，就告诫他以后要注意控制酒量，还扶着他一起赶路。谁知小叔没走几步又歪倒在稻田里。接连摔了几次后，父亲觉得这也太奇怪了，毕竟还有他一直搀扶着呢。

"你这是被什么给迷住了吗？"父亲问道。

谁知吉田竟然马上接话道："你看！那里，有东西！"

父亲顺着他指的方向回头一看，发现右侧的稻田里有个鼓起来的小山包，小山包旁边还真站着一只狐狸，正冲着他们几人招手。父亲发现，每当那狐狸一招手，小叔的身体就如同控制不住一样向旁边歪倒。

"原来是你这只狐狸精在作怪！"父亲很生气地说道。

吉田也拔出了身上的刀冲着狐狸举了起来，那只狐狸看到就马上逃走了。后来，他们仨还是不紧不慢地继续赶路。待回去之后询问小叔，父亲才知道，当时小叔的脑子并不清醒，感觉自己就像做梦一样晕乎乎的，对发生的一切丝毫没有印象。虽然有人可以用科学原理来解释这一现象（比如生物电波什么的），但父亲仍坚信，这是他有生以来第一次见到狐狸精。

　　三年以后，也就是元久三年的七月，某天晚上十点，父亲赶路到了高轮海边。他记得那是个没有月亮的黑夜，他看到农田里出现了一些会飘移的灯笼。那灯笼就像盂兰盆会时用的那种一样。其实刚开始父亲并没有察觉出什么，直到灯笼从他身边擦身而过时，他才突然觉得奇怪。父亲定睛一看，只见一名年轻女人正背着一个小孩，那灯笼就在小孩手里提着，女人脚上穿着草鞋。看上去，他们像是在赶路的样子。

　　令父亲觉得奇怪的是，这个女人脸上缺失了眼睛和鼻子，她竟是个无脸怪！父亲握紧了手中的刀，又怀疑是不是自己小题大做了，她可能是遭遇了火灾，脸部被烧伤了也说不定。就在父亲纠结要不要拿刀砍向女人时，那女人径自离开了，父亲只听到草鞋跟地面摩擦的声音，看着那灯笼里的火苗变得越来越小。

　　后来父亲才得知，原来在那天，荞麦面店的外卖小厮也见过这奇怪的女人和孩子。当时他刚送完外卖准备返回店里，就遇到了那对奇怪的母子。发现女人五官缺失后，他当下就被吓得赶紧跑回店里。刚到店里，他直接晕倒在地，等到醒来时，他跟店里其他人讲了这段经历，还坚持说不是自己眼花，也不是自己胆子小，是真的遇到了妖怪。父亲也因为听说了他的经历，所以坚信自己看到的是妖怪。

如果事情到此为止，似乎还没有多么诡异，但后来，又发生了一件更加奇怪的事。

就在父亲看到那对奇怪母子后的第二天一大清早，有人在品川海边发现了两具尸体，一具是年轻女子，另一具是一个看似两三岁的女孩，那孩子的手里还提着一个灯笼。灯笼已经被海水泡坏，只剩下了支架。

父亲一听说这事，就联想到了自己的经历。然而奇怪的是，那具女尸的五官并没有缺失。围观群众中有人认清了她们的身份，似乎是某个铁匠的妻女。

然而，父亲和荞麦面店的外卖小厮都坚信自己看到了无脸怪。那么，他们看到的那对母子究竟是不是这两具尸体呢？如果不是，为什么小孩子的手里都提着灯笼呢？或许有人会说，在七月里有小孩子提着灯笼并不是什么稀奇的事，但这件事毕竟太过诡异，让人难免怀疑父亲和小厮看到的就是那两具尸体。也有人猜测是不是女人临死之前遭遇了什么特殊情况，才会造成五官缺失。但是事实究竟怎样，已经没有人能说得清楚。

明治七年那年春天，我们家当时住在饭田町那边的一个老宅子里。有一天晚上，父亲正在书房里看书，突然觉得窗户外面有人在偷窥自己。

父亲壮着胆子问："外面是谁？"

但并没有人回答他。于是，父亲就拉开糊了纸的窗户，发现外面什么也没有。

这样的现象在接下来的几个晚上都不断重复。父亲以为是自己看错，并没有太过在意。

一天晚上，母亲起夜去上厕所，在经过窄窄的走廊时，感觉和什么人擦身而过。因为天色太过黑暗，母亲什么也看不清楚，但已经被吓得汗毛倒立。然而，接下来一切又都恢复了正常。

另一个晚上，父亲被狗叫声吵得睡不着，走到院子里才发现，隔壁家的狗正跑到我们家院子里大叫。当时住在我们家隔壁的是英国领事馆的领事麦克莱奇。父亲以为狗是因为看到有贼撬门才大叫，然而他仔仔细细检查了一番，却没发现有什么异常。那天晚上，麦克莱奇家的狗一直叫到了天亮。

第二天白天，父亲就把这件事跟麦克莱奇先生讲了一遍。麦克莱奇感到很不好意思，为自家的狗道歉，但是他也纳闷狗为什么会叫，毕竟平时他家的狗都非常懂事。

父亲倒没多想，他觉得这不过是麦克莱奇先生的逞强之词，狗毕竟只是狗，不是人。

就这样相安无事地过去了两个多月，当地发生了一场大火，包括我们家在内的好多房子都被火灾烧毁了，于是我们就搬到了附近的空房子里暂居。

一天，一个上门推销酒的销售员向用人询问了狗叫的事情。他说："你也别怪我多事，你们之前住在老宅时有发生过什么奇怪的事吗？"

用人表示什么都不清楚，那人就这样回去了。母亲听过女佣的描述，在次日拦住了销售员，一番沟通后才得知，原来我们之前那座老宅曾经不怎么太平，据说以前也经常发生灵异现象。原业主自己不想住在那儿，就对外出租，但是也不好租，直到遇到了我父亲。

其实，本地人多多少少都听过这座老宅的怪事，只有我们这种外地人才不知道。不少人都在议论希望这座宅子别再出事了，毕竟这种事也不方便跟我们家直接讲。直到现在，因为老宅已经被烧毁，他才跟我们一一道出真相。我们听了后，倒也没什么特别的感觉。

　　思前想后，比较奇怪的就是前面讲述的这几件事了。直到现在，我们仍然不知道在窗外窥视父亲的是谁，在走廊与母亲擦身而过的谁，麦克莱奇先生家的狗为什么大叫了一夜。也许有的事情会像这些事一样不了了之吧，永远不会有谁能知道真相。

9

河童小僧

安政末年的时候，在江户住着一户人家，人称延冈藩内藤家。他家里有一位武士，名叫福岛金吾。

福岛是一个武术奇才，对剑术、柔术都非常精通。他性格坚韧不拔又颇为要强，经常对外说自己是个无所畏惧的人，世上没有什么让自己感到害怕的。直到有一回，福岛真的遇见了妖怪，才感慨大千世界无奇不有，有些事真的让人为之咋舌。

事情发生在五月上旬，那是细雨纷飞的时节。福岛就在某个下着连绵细雨的黄昏，赶去赤坂办点事情。等他办完事在回程的路上，行走到葵坂时，雨突然变大了。

今天的人们可能已经不知道这段历史。在当时，葵坂附近的河道是非常出名的，其水流源自江户的护城河赤坂水库，水流声势颇大，非常湍急，像瀑布一样从上而下倾泻，让本来就因为连雨天而水位上升的水道变得更为危险。在昏暗的天色中，河水飞快流动的声音和黄豆般大的雨点落地的声音交织在一起，让人几乎听不见其他声音。

福岛就在这样的环境中独自返程。他走得颇为艰难，当走到戌时，周围除了他自己，已经看不到其他人影了。就在这时，福岛却突然发现前方有一个十几岁的小男孩。他加快脚步赶了上去，举起了手中提着的灯笼。他仔细看了看男孩，才发现男孩居然没有打伞，甚至连木屐也没穿，袖子已经湿透了，就这么光着脚独自往前走着。

男孩的这副形象看上去颇为可怜，触动了福岛的心绪，他不由得开口问道："你这是要去哪里呀？"

可男孩的表现却颇为奇怪。他甚至连头也不回，跟没听见似的，继续往前走，脚下的步伐一点也没停。

福岛又接着问道："小家伙，虽然我不知道你要去哪儿，不过在这种天气里，你一个人穿着湿漉漉的衣服光脚赶路实在不妥，要不你还是先休息下，整理下衣服再走吧。"

结果男孩还是一声未出。福岛猜测这男孩要不是个聋子就是个哑巴，真是奇怪。他对男孩心生怜悯，对男孩说："我帮你整理一下湿了的衣服吧！"然后上前把男孩背后耷拉着的衣服拉起。

一道光从眼前闪过，福岛有些怀疑自己眼花了，就仔细盯着看，这才发现男孩的后背有一对瞪着眼珠的金银双目，显得很是凶神恶煞。

福岛心下一惊："这孩子……该不会是妖怪吧？"

但他仗着习武多年，胆子也大，松开抓着男孩衣服的手，举起灯笼，一把薅着男孩后脖颈的领子，把男孩扔向了旁边的水道。

"扑通"一声传来，紧接着却是让人发毛的笑声，灯笼也突然灭了。

福岛紧张了起来。他紧紧握住手中的武士刀，眼睛一眨不眨地盯着水道。

"我不管你是什么妖魔鬼怪，只要你敢出来，就不要怪我的刀把你劈成两半！"

然而片刻过去了，除了流水声和雨声之外，什么声音都没有。福岛无奈只得继续赶路。

回到家后，福岛仔细想了想，难道自己刚刚遇见的真的是妖怪吗？有没有可能对方本来是个正常人，只是因为自己当时太过震惊，没有分清情况，就因此害死了一个人？福岛纠结了一晚上，第二天天亮后，他决定再回到昨天出事的地方看一看。

然而，他除了看到流动的河水外，在水道里根本没有找到小男孩的影子。他不得不向周围的人打探，甚至还跑到了河水下游去打听。可是，谁都没有见过他描述的男孩。

这下可真是活不见人、死不见尸，真是奇怪。福岛想，如果男孩真是个普通人，在昨天那种大雨环境下，被淹死的可能性极大，尸体也可能早就被冲到哪里去了。但即使如此，他也还是觉得奇怪，无法在心理上说服自己。

有人告诉他，那个小男孩可能是传说中的河童，或者是水獭。福岛当时看到男孩后背的双目就是河童的最好证明。葵坂水道附近有河童出没的消息在当地颇为流行，但也没有传出什么特别的。如果那个小男孩真的是河童，那么这次他也应该受到教训了吧。

那时候，附近类似的传说逸闻还有很多。赤坂水库也有一个相关的传说，而且碰巧还和内藤家有点关联。赤坂水库在那时占地颇广，后来明治维新时期才开始慢慢填地缩小，成为如今热闹繁华之地。赤坂水库面积广，一些怪谈故事也颇多，就像前面说到的河童怪谈。

这个传说发生在庆应三年春末，当时，山王山上的樱花已经开始凋落，水库旁连连出现了"深夜怪影"。刚巧，内藤家后院的门与赤坂水库就隔着一条水道。人们都说，那个"深夜怪影"经常孤身一人，身影时有时无，看到过的人都感到非常诧异。

内藤家的人也听到了传闻，就到后院伫立，果然在深夜见到水道上出现了一个虚虚幻幻的身影，看起来有点像人。内藤家的人想看得更清楚一些，就划船靠近，看个究竟。谁知，还没等船靠近，影子却突然消失了。等内藤家的人返回岸边，往水道中间再次望去时，影子又突然出现了。众人猜测，影子可能是什么东西掉在水道中才呈现出来的，于是决定第二天天亮后再划船去探个究竟。

　　没想到，第二天早上，人们还真的在水草里发现了一具尸体。死者是位男性，大概二十出头，看打扮像是个商人，手和脚都被绳子捆住，头发早已被河水冲得凌乱不堪，脸色也颇为苍白，看上去死得很惨。

　　众人调查了很久，也没能查明尸体的身份，就更别提找出凶手了。有人说，"深夜怪影"其实就是这具尸体的魂魄，他死不瞑目，魂魄出现在河道上，引导他人发现自己，为自家报仇。不过，事情的真相到底如何，恐怕就无人得知了。

10

少年演员之死

今天要讲的这个故事其实是一个简单易懂的故事。

庆应初年，一个江户的儿童剧团来到了甲州的某个小镇，剧团里大多是五六岁到十几岁之间的孩子，只有领队的年龄稍长点，十七八岁。这个剧团虽然并不知名，但凭借演员们均出身于江户的优势，也吸引了当地的大批观众前来观看演出。据说一些偏远村庄的农民都赶来凑热闹，每天的戏票都被热情的群众哄抢一空。剧团来到小镇后，一连驻扎了十几天，而且剧团准备的剧目丰富多样，每隔一天就更换一次，吸引了大批观众。

其中，一个经常饰演旦角的年轻演员长得颇为眉清目秀，他在《忠臣藏》里扮演小浪，在《三代记》里扮演时姬。由于他的扮相颇美，演技又好，所以一开演就成为剧团里最受欢迎的演员，吸引了很多女戏迷。他十六七岁的样子，姓中村、尾上或者是市川来着，总之名字已经记不清了，不如就称呼他为六三郎吧。

六三郎有一个狂热戏迷，名字叫阿初。阿初当年二十五岁左右，皮肤不够白皙，但是长相和穿着在当地都是一等一地讲究，行为举止和本地土生土长的村姑都不一样。据说，阿初来自江户，因此身上也带着一股江户的"劲儿"。阿初平时本来就喜欢唱唱曲，跟六三郎颇为谈得来。六三郎虽然有点小名气，但毕竟年纪还小，在江户的时候也没有什么红颜知己。然而他最近的表现却跟以往大为不同，就连剧组里年纪不大的孩子也看出来，他跟以前不一样了。剧团老板自然也看得出他和阿初之间的小心思，可阿初是个有夫之妇，所以，不免有点担心六三郎的将来。

阿初的丈夫叫吉五郎，是本地的一个乡绅土豪，也是出了名的赌棍，手下养着一帮小混混，可谓是当地一霸。据说当年阿初从江户来到甲州的时候就被吉五郎看中了。两个人相好后，吉五郎对阿初也非常不错，关怀备至，好吃好喝地养着阿初，夫妻二人的小日子倒是也说得过去。没想到，六三郎的到来，打破了原有的宁静。短短数日，阿初和六三郎之间的感情发展迅速，阿初做事也忘了分寸，两个人很快就发展到大白天也同进同出的地步。

剧团老板怕再这样下去会惹出事来，就来劝说六三郎。如果阿初的丈夫只是个小老百姓，这个事情倒也不难解决。但棘手的是，阿初的丈夫在当地颇有势力，如果这两个人的私情被他发现的话，肯定不只是赶阿初出门那么简单。不仅六三郎讨不了好，就连剧团老板和剧团的其他演员都得受到牵连。

剧团老板和领队一起劝说六三郎，让他意识到这件事情不是只影响到他们二人那么简单，所有人都没有好果子吃。就算阿初的丈夫因为太过爱阿初而忍下这口气，他那么多手下也不会放过众人。所以，老板希望六三郎最好还是和阿初分手，以免哪次演出时被一群小混混当面砸场子。

六三郎的眼睛似乎委屈得能滴出水来，看得出来，他很难过。他跟众人道歉，说这次因为自己的私事影响到了大家。当剧团老板和领队跟他确认是不是真的想清楚了分手的时候，六三郎一下子忍不住哭了出来，也不回应到底是不是要和阿初分手。

众人没有办法，只能让他先一个人冷静冷静，考虑清楚。

六三郎独自黯然地回到了自己的房间。虽然甲州只是个小镇，但六三郎居住的旅馆房间却非常宽敞，他和另一名名字叫广住的演员合住一间，那间房正对着走廊。

八月已经快过去了，白天虽然还有点热，但偶尔也能感受到凉风。广住外出去抓虫子玩耍了，六三郎就这样一个人倚靠着走廊的边柱，听着院子里的蝉叫声，盯着红鸡冠花发呆。看着看着，他感到非常伤心，竟然像个女孩子一样哭了起来，用袖子擦着眼泪。他知道自己是个到处流浪的剧团演员，在这里停留不了多久，很快就要离开了，他原本只想和阿初趁着这段时间多相处相处，却没想到遭到大家这么强烈的反对。

六三郎只是个十六岁的孩子，心里还不够坚强，自然承受不住这种压力。他哭了一会儿，就趿着木屐往外走。没走几步，他发现自己忘了戴斗笠。他怕被人认出来，就掏出来一块白布捂住头。其实他根本没有目的地，但冥冥中好像有什么人指引他，让他在那条没什么人经过的土路上慢慢走着。

过了一会儿，他发现自己已经快走到了阿初家。

阿初家门口种着一棵长势很好的百日红。六三郎走到树旁边时，刚巧看到阿初带着两名保镖往外走，阿初头发凌乱、脸色苍白，六三郎看到后一惊，赶紧躲在树后面。

阿初也仿佛有预感一般向树后的方向瞥了一眼。六三郎看到阿初这副样子很是心疼，很想出去安慰她，但他一想到那两个保镖，就只能默默忍住。两个保镖长得凶神恶煞，眼神也颇为凶狠。六三郎心里感到非常忐忑，难道是自己和阿初的事被阿初丈夫发现了吗？

六三郎神色不安，赶紧跑回了旅馆。

等到天色黑下来，六三郎和剧团其他人一起前往戏院准备表演。在台上，六三郎的精力难以集中，表现非常糟糕。由于今天是两场戏连着演出，所以等众人散场回到旅馆的时候，已经到了后半夜。没想到，六三郎刚走到旅馆门口，却发现有三个高大的男子在边抽烟边等他。那三人一见到六三郎就把他围起来带走，说是要去见老大。

六三郎想，自己和阿初的事一定是曝光了，这下可糟了！

三个人带着六三郎就往外走，没走多远，又有两个高大的男子跟了过来。一路上，众人默默无语，直到来到一座大宅子门前，才有男子进去报信。

六三郎太过紧张，完全不记得自己是怎么从门口走到房间的。只见这个房间面积不小，房间里还摆着几支已经点燃的蜡烛。一个四十多岁、身材健壮有点胖的中年男人正端坐在屋里等着他，他看上去实在是有些凶狠，左边眉毛上还有一道伤疤。他身后坐着几桌人，应该是他的手下。众人正在喝酒。房间的一边还有一个屏风，不知道里面是什么。

吉五郎见到六三郎后居然笑了，对他说："过来，坐我旁边。"

六三郎本来想婉拒，但他马上发现吉五郎根本就不是在征求他的意见，手下们手脚麻利地把六三郎按到了吉五郎旁边的座位上，六三郎只得忐忑不安地坐着。

吉五郎说了些场面话，诸如"早就听说你们剧团到这里演出，也一直想要拜访，只是太忙今天才有机会"，云云。

六三郎根本不敢相信。面对着吉五郎和手下们递过来的酒杯，他也是左右为难。他年纪太小，还不能喝酒。不过，在这个时候，即使让他喝琼浆玉露，他也没心情了。但他实在不敢一点不喝，就只能小小地抿了一口，以示敬意。

吉五郎管理着上百号人，自然是一个圆滑通透的人，为人处世很有一套。他故意找些话题，有一句没一句地与六三郎聊着天。

然而六三郎的心思却不在聊天上。吉五郎这是在闹哪一出呀？他到底打的什么主意？这里实在是让他感到如坐针毡。

没多久，吉五郎觉得聊得差不多了，就让手下把屏风打开。六三郎往屏风后面瞥了一眼，大惊失色。

屏风后面有一个瘫倒在地上的女人。她的头发凌乱不堪，衣服也像是被人撕扯过一般，一块大白布遮住了女人的大部分身体，白布上到处都是血迹，尤其是女人的腹部。六三郎觉得，这个女人，和之前戏里被杀害的那个角色实在是太像了，而且那个角色还是自己演的。

这也太恐怖了！这个女人是阿初吗？吉五郎杀死了她吗？就因

为他们俩偷情的事吗？六三郎的大脑一片空白，一个字也说不出。

吉五郎倒是非常镇定地继续喝酒，他的手下们也像没有看到屏风后的女人一样继续吃吃喝喝。

六三郎吓得脸色惨白，低着头，一言不发。

吉五郎觉得已经到时候了，就对六三郎说："真不好意思，让你这个年轻小伙子见到了这些。怎么，你认识屏风后的这个女人吗？"

六三郎想，如果自己说认识的话，是不是就会沦落到跟阿初一样的下场？

如果六三郎是个真正的情种，或者是一个重感情的真英雄，那他就应该扑到那具尸体上说："这就是我最爱的女人！"但可惜，六三郎太年轻了，他甚至都还不算一个成年人，平时为人又有点懦弱，于是他就一直沉默着。

直到吉五郎再三逼问，他才说道："我不认识她。"

"呵呵，真的不认识吗？"吉五郎似笑非笑地确认。

"不认识。"六三郎唯唯诺诺地说。

吉五郎倒是没有再说什么，只是又跟他喝了杯酒，就让手下上来饭菜，众人一起热热闹闹地吃着饭喝着酒，唯独六三郎一个人窘迫地坐在那里，比平时在台上演出的姿势还标准。等到天快亮时，吉五郎才安排手下送他回旅馆，还给他塞了一把小费。

　　剧团里的人早就听说六三郎被吉五郎的人带走，都在焦急地等待。见到他平安回来，众人才放下了心。可是六三郎不知道是被吓着了还是受的打击太大，整个人都愣愣的，面无表情。众人也没从他嘴里问出什么，只能暗自庆幸，至少他还能平平安安地回来。

　　六三郎回到房间就直接蒙头大睡，一直到第二天中午还没清醒过来，似乎还做了噩梦。室友广住怕他睡太久影响身体，就把他从床上喊了起来。六三郎洗了把脸，人也精神了些。当天晚上还有演出，他和众人如往常一样上妆、表演。

　　好巧不巧，今天他扮演的角色，正好跟屏风后的阿初死法一样。也许是太过紧张，演着演着，六三郎竟然直接晕倒在台上。众人赶紧把他抱到台下休息。当天夜里，他又发起了高烧，做起了噩梦，嘴里不断嘟囔着："我错了，你原谅我吧！"

　　这么折腾了一宿，虽然已经看了医生，但六三郎整个人的状态已经不复从前，无法再登台表演。两天后，剧团要离开去外地演出，六三郎都还是一直病倒在床，整个人瘦了一大圈，面色也非常糟糕，让人一眼看到就能知道是个生了重病的病人。剧团已经停留在甲州很久了，接下来要前往信州演出。六三郎还在生病，剧团的人也帮他收拾行李。众人跟当地居民们告别后，就准备离开。

他们离开时，天气已经有点转凉了。听说剧团要离开甲州了，有很多女戏迷表示不舍，甚至还有人前来送行，其中不乏六三郎的戏迷。只是六三郎此刻的身体状况太糟糕，所以一直在轿子里并未露面，戏迷们难免失望。

在这群送行的人里，有一个容貌艳丽的年轻女子，她就是阿初。

吉五郎虽然已经年近半百，但他管理上百名手下，自然不是个简单的人。他听说阿初和六三郎有私情时，并未冲动之下做出什么暴力的行为。他先是找阿初核实情况。没想到，阿初不仅没有掩饰，反而直接当面承认了两人之间的事，还说自己要和六三郎结为夫妇一起过日子，希望吉五郎能够放自己一马。

吉五郎听到阿初的这番宣言后，并未生气，只是表示自己要帮阿初鉴定一下这个六三郎是不是可以托付终身的人。毕竟他不是一个男人，只是一个男孩，还是一个到处去演戏的戏子。虽然现在阿初的心已经不在自己身上，但是好歹夫妻一场，他和阿初之间也算有些情分，怕阿初被骗受苦。

阿初虽然有点担心，但最终还是同意了，于是才有后面发生的那出吉五郎派人叫来六三郎，并用屏风后的女人试探他的一幕。当然，六三郎的表现也都被阿初看在了眼里。六三郎离开后，阿初就跪着给吉五郎认错，并表示对六三郎死心了，只希望以后安安分分和吉五郎过日子。

要说六三郎也是一个可怜的人，不仅被心上人抛弃，还生了一场重病，后来一直无法登台，只能独自回到江户老家。第二年春天过年期间，他就不幸去世了。还有人说，六三郎躺在床上时，嘴里总是胡言乱语，还说总有一个脸色惨白的年轻女人坐在他病床前看着他，这个女人就是阿初。

但阿初明明活得好好的，直到明治时代来临后才离世。

11

黄八丈窄袖服

阿菊今年十八岁，长得眉清目秀、细眉细眼，在庄三郎家里做女佣。

　　"喂，阿菊，过来一下。"

　　阿菊听到声音后就连忙走进了白子屋里。

　　白子屋是坐落在日本桥新材木町河岸边的一家木材铺子。屋主庄三郎长年在外，此刻房间里只有庄三郎的夫人阿常以及另一名女佣阿久在家。阿久比阿菊大七岁，已经在庄三郎家里做了十年工，平时里喜欢耍些小心机。

　　也不知道夫人跟阿菊说了什么，大约一个小时后，阿菊脸色苍白地走出了房间。阿菊在庄三郎家里做工才一年多，去年开春才从武州越谷来到本地，夫人阿常和小姐阿熊都非常喜欢她，两人不管是去寺庙祭拜还是去看戏，都叫上阿菊一起。所以今年二月，阿菊又跟庄三郎家续了合同。

阿菊回到房间后，心思不安地坐了一会儿，又起身往厨房走去。

耳边隐约传来木材库房里男人们的说笑声，阿菊穿上放置在门口的木屐，从厨房往木材仓库走去。

果然，那里有几个男人正坐在木材垛上闲聊，厨师长助在旁边站着。

"阿菊，你这是要去哪儿办事吗？"一个年轻小伙子嬉笑着跟阿菊打招呼。

"没什么事。"阿菊不咸不淡地回了一句，没有多说什么，就快速地走过几名男人聚集的木材仓库入口。

那一天是享保十二年九月三日，正值傍晚，原本悬挂黄晕的天空仿佛突然被扯了个口子，颜色由黄变白，飘来一朵云朵，而性急的月牙竟已悄然浮现在天边，还悄悄地倒映着河里的白色船只。

阿菊抬头看了看天空，一阵风掠过河水吹来，阿菊冷得一哆嗦。她仿佛河边的垂柳一般无助地随风飘摇，身子也跟着晃了晃，仿佛要被寒冷的风给吹跑。

她赶紧双手拢紧袖子暖身。

"是去问问长助，还是干脆直接回老家好了呢？"

阿菊一个人思索着，就那样愣在原地。刚才夫人跟阿久告诉她的事实在是超乎她的想象，她不知道该如何是好——她们竟然让她帮忙演一出戏，假装自己跟姑爷又四郎有私情，再一起为情寻死。

主家庄三郎虽然略显愚笨不够聪明，但待人极好。夫人阿常负责掌管财务，铺子生意则由下人忠七负责。阿常今年四十九岁，从年轻时就一直注重生活质量，吃穿用度极为奢侈，看上去绝不像一家木材铺的老板娘。但也因为如此，这些年来铺子赚的钱几乎都被她挥霍一空，甚至已经严重到了拖欠供应商货款，导致没有一家供应商愿意再继续跟他们合作的程度。

若是不能解决供货问题，那铺子眼看是要开不下去了。为此，阿常非常苦恼。

然而，他们的女儿阿熊长相颇为美艳。阿常就动了用阿熊的美貌来招揽一名有钱女婿的念头。这时，大传马町驿地主弥太郎家的下人又四郎上门提亲，表示自己愿意出五百两银子来求娶阿熊。

见钱眼开的阿常当下就答应了这门婚事。庄三郎一向不管这些后院之事，一切都听从妻子的安排。

然而阿熊死活不同意这门婚事，原来她早就与铺子里的下人忠七暗中相好。阿熊就哭着到母亲面前要求拒绝这门婚事，但阿常实在是太需要这五百两银子了，只能对女儿苦苦相劝。可是她劝了半天也没有让女儿回心转意，忠七也是一副不愿放弃这段感情的样子。没有办法，她只得用孝道来威胁女儿，又用主人的权威来威胁忠七，这才叫两人没有再闹下去。

那年冬天，三十岁的又四郎和十八岁的阿熊终于成亲了。

阿常有了五百两银子周转，白子屋的生意也好转起来，又四郎也一门心思都钻在店里的运营上，一切看似都在向好的方向发展。

但是，阿常并没有因为这次的经济危机就吸取教训，仍然继续挥霍无度。阿熊和爱郎忠七分手后，跟又四郎的新婚生活也过得不甚愉快。阿常当初其实也并没有真正看上又四郎这个女婿，只是冲着五百两银子去的，现在安生日子过久了，她怎么看又四郎都有点不顺眼，加上忠七为了跟阿熊在一起，经常在背后说又四郎的坏话。就这样，三人经常在一起讨论如何才能赶走又四郎。然而又四郎是一个循规蹈矩之人，一切都很难挑出错，直接赶他出门的话又要偿还那五百两银子的礼金，这是三人所不能接受的。

阿常提议在又四郎吃的饭里下老鼠药毒死他，但因为有厨师长助在，这个计划也一直没能成功实行。又四郎也似乎有点警觉，提高了警惕，阿常越发找不到下手的时机。忠七伤心欲绝，终日魂不守舍，阿熊也经常以泪洗面，这让阿常越发觉得要尽快除掉又四郎，于是才有了之前跟阿菊说的那一出——让阿菊去勾引又四郎，再制造出两个人因为无法在一起而共同殉情的假象，这样外人也挑不出她们什么毛病。

阿常想到这一出后就先跟阿久商量，阿久也觉得这个计划不错。她说道："阿菊年轻貌美、皮肤白皙，说又四郎喜欢上了她，别人肯定不会怀疑的。"

倒霉的阿菊就这样稀里糊涂地成了别人的棋子。那天，阿常把她叫到身前，让阿久详细地将整个计划说给她听——她必须在夜里潜入又四郎的睡房，用小刀划破又四郎的喉咙，再拿刀假装自杀，在千钧一发之际，她们就会冲进去，救下阿菊。如果别人问起，阿菊什么话都不用说，只默默流泪就行。阿久还告诉阿菊，不用真的杀死又四郎，也不用真的自杀，只是做个假象，让她不用害怕。

"如果我一不小心真伤了姑爷，那该怎么办呢？"阿菊问道。

"我们会说姑爷准备和你一起自杀，只是他先走了一步，而你被我们救下了。这件事夫人知情，小姐也知情，我们都不会为此难为你的。只要你顺利演完这一出戏，就能拿到十两银子，还有小姐的黄八丈窄袖服也会送给你。这样的报酬，你还有什么不满意的呢？"

黄八丈窄袖服是阿熊小姐那年春天去寺庙祭拜时穿的一身衣服，阿菊当时也去了，因此也见过那套衣服。阿熊穿起来非常漂亮，吸引了众人的眼光。回来后，阿菊还曾对阿熊说过："这样美丽的衣服，哪怕一辈子只穿一次，也是值得的啊！"

阿久对这句话上了心，因此在劝说阿菊时，也重点提到了这件衣服。她认为阿菊肯定会为这件衣服动心的。

"又四郎脾气不好，所以阿熊小姐才想和他离婚的。但是你也知道店里的情况，我们是拿不出那五百两银子的，所以你其实不用真正伤害他，只是让他受一点轻伤就行了。你也不会因此受到什么惩罚，我们到时都会保护你的。我是个当母亲的，实在是不想让女儿继续这种不幸福的婚姻生活，才不得已出此下策的。"

阿常企图以情感来打动阿菊，而且她也真的成功了。

又四郎其实是个相当合格的主家，平时对待家人也颇为客气，从不摆什么架子，也没有大声责骂过谁，因此阿菊之前也没有想过什么。但是她换位思考，小姐今年才二十三岁，如果一辈子要跟大自己十几岁的姑爷一起生活，也是有点可怜。而且小姐貌美如花，又四郎却是个粗人，长相不佳，谁看了都会觉得，阿熊小姐嫁给他是受了委屈。

更何况阿常作为小姐的母亲，肯定是更为心疼吧！因此，虽然阿菊不认可又四郎是个坏人，但也觉得这桩婚事本来就是一个错误。只是，要让她去诬陷一个好人，她实在是难以决断。

"夫人，您说的我是认同的，但是这件事非同小可，更何况还要让我伤害主人，我实在是感到害怕啊！"

阿菊不断拒绝，但阿常和阿久一直劝说，还说，如果她不答应，说不定哪天阿熊小姐就会跳河而死，到时候阿菊就是杀人帮凶了。而且小姐才是她的主人，她只需要忠于小姐，不用考虑姑爷。

阿菊听了两人说的话，实在没办法，只说先考虑一下，明天再给最终回复，这才终于从屋子里逃了出来。

"我到底应该如何是好呢？"

阿菊站在岸边，盯着流动的河水，一直发呆。胆怯之下，她想直接逃回老家，但是害怕合同没到期就逃回家的话不但难以跟父母解释，以后再到其他主家去工作也是个难事。就算她把夫人要她陷害姑爷的事情如实跟父母坦白，估计二老也是不会相信的，他们只会认为这是她自己的托词，说不定还会直接把自己绑起来送回到主家，到那时就更是难以面对夫人小姐了。

因此，逃回老家这条路也是行不通的。

去找长助商量呢？他应该会直接把自己拉到姑爷面前如实禀告。但自己只是个女佣，只要夫人和阿久当面否认，自己其实什么证据都没有，姑爷估计也是不会相信的，自己反而会落得一个里外不是人的下场。

因此，阿菊陷入了两难的境地，一直无法决策。但她一方面是真的可怜小姐，虽然小姐眼下没有自杀，但万一真出了事，自己肯定会过意不去；另一方面，她也确实是很想要那套黄八丈窄袖服。

　　阿菊盯着河水看了看，脑子里竟然在想：如果跳下去，会死人吗？正好这时更夫打更的声音响起，阿菊一下子从思考中惊醒，赶紧回到屋子里去。

　　当天晚上，阿菊一夜都没有睡着，又四郎流着血的恐怖的脸、阿熊哀求自己哭泣的脸、父母责骂的脸，还有那十两银子和黄八丈窄袖服一直不断地在阿菊头脑中徘徊。阿菊看向旁边总念叨失眠的阿久——她今晚倒是在蒙头大睡，而平时一沾床就马上睡着的自己却无法入眠。

　　阿菊思来想去，身子在床上翻来覆去的，好不容易才迷迷糊糊地睡过去。没多久，她忽然觉得呼吸困难，仿佛有人在努力捂住自己的脑袋。她一下子惊醒，发现原来是自己抓被子抓得太紧了。

　　"啊，太难受了！"阿菊用袖子抹了下额头，趴在床上仰望着床头的灯光发呆。

　　这时，走廊传来一阵细碎的脚步声。

　　阿菊的第一想法是有小偷了。本来她今晚就很紧张，连忙平躺好，并用被子捂住脸。

门被拉开了，阿菊听到细碎的衣服在榻榻米上擦过的声音。她偷偷睁开眼，发现来者是名女子。阿菊想，该不会是幽灵吧？

正当她感到害怕时，耳边传来熟悉的声音："阿菊，你睡了吗？"

原来阿菊以为的幽灵是小姐阿熊。她松了口气，正要起身，却被阿熊劝住了。

"你就躺着吧，我就是来跟你说几句话的。"

阿菊却没敢真的躺下，而是连忙掀被坐起。阿熊静静地盯着她，慢慢地开了口："今天，母亲是不是跟你说过什么了？"

阿菊一下子就明白了，阿熊小姐是要来当说客的。她不知道如何回话，只得轻轻点头。

接下来，阿熊向阿菊阐述了自己的心声："阿菊，我也不想为难你，但真的希望你能帮帮我。我母亲嫁到我们家三十年来，一直大手大脚、挥霍无度，平时也不打理店铺的生意，把好好的家闹成今天这个样子。为了维持店里的生意，她竟然牺牲了我和忠七的爱情，让我嫁给了自己根本不爱的人。我也不是不孝顺的人，我在画本里读到过卖身为父亲治病的故事，如果家里真的是贫困到了那种地步，我也甘愿牺牲自己来保全全家。但是现在，我一生的幸福，却只是为了满足母亲的私欲！可她毕竟是我的亲生母亲，结婚后她看到我过得不幸福，也觉得我可怜，这才想到了这个法子。我恳求你，就当帮帮我，答应下来吧！如果你不答应，我也不想再继续过这样的日子了，我宁可死，也不想再和又四郎当夫妻了！"

阿熊低声说着，还哭了起来，肩膀在黑暗中微微颤抖。

阿菊想，如此一个妙龄女子，人生却没有盼头，换谁都会伤心的吧。夜深天凉，阿菊的衣衫很薄，没多久，就已经完全被阿熊的泪水浸透。

阿菊看着阿熊哭泣的身影，实在是于心不忍，仿佛每一声都哭到了自己的心底。她颤颤悠悠地伸出手，握住阿熊的手，说："你不要再哭了，我答应你。"

"真的吗？"阿熊激动地问道。

"嗯，我答应你了，你相信我吧。"阿菊肯定地说道。

阿熊见状，连忙跪下要向阿菊磕头，恰好此前一直熟睡的阿久却在这时翻身，惊动了二人。阿菊回头看向阿久之际，阿熊也悄悄退出门口。紧接着，窗外传来公鸡打鸣的声音，天已经快亮了。

八天后，也就是九月十一日的夜里，阿菊被几名公职人员捆绑住手脚，带出了白子屋。去奉行所的路上，阿菊一路无话，灯光映射在地上的光晕，显得格外惨白。

原来，阿菊就是在那晚展开了行动。她潜入了又四郎的房间，割伤了他。对于这种企图伤害主人的下人，在当时是会遭受严厉拷问的。阿菊在审问中坚持之前的殉情说法，还说自己也准备接着自杀。但第二天又四郎同样来到奉行所接受审问，他否定了阿菊前夜的说辞，还说他早就觉得白子屋里没有一个好人，自己的妻子和忠七偷情，阿菊这番举动应该也是受人指使。

奉行所的大人们侧面查看了一下，觉得又四郎说的话应该是可信度较高的，便再次对阿菊进行了审问。在这一次的审问里，阿菊终于招出了一切。

这件事牵涉的人员较广，又涉及主家的私密之事，奉行所的人也难以直接给出结论，就把这个案子向上汇报。

接手这个案子的是一位有十多年经验的老奉行。他看过案件资料后感慨道："这个案子牵连甚广，看来有好多人都要为此付出代价了。"

案发四天后，九月十五日，奉行所逮捕了全部涉案人员，包括白子屋老板庄三郎、老板娘阿常、女儿阿熊、女婿又四郎、女佣阿久和阿菊、下人忠七、长助、清兵卫、彦八、权介、伊介等共十一人，轮流接受审问。

这些人里，阿久是第一个认罪的。随后，阿常、阿熊和忠七也都纷纷认罪，他们四人也马上被关起来等候判决。他们所犯下的罪过，在当时是难逃一死的大罪。

阿熊和阿菊在牢房中整日哭泣，倒是把看守的狱警闹得心烦不已。时值深秋，地板下的蟋蟀声和外面飞过的雁鸣声此起彼伏，再加上女子的哭泣声，确实让人感到不适。

冬天来临了，几人的最终判决也来临了。因为这个案子牵连很多人，审判官也尽量帮众人找理由减轻刑罚，但唯一有理由的却是阿常，因为她是主家的夫人。对此，阿菊感到很不忿，怒道："整件事明明就是夫人的主意！"

但阿常毕竟是主人，又是又四郎的岳母，属于长辈，按照当时的律例，确实有减刑的理由。

因为死刑是件大事，需要层层申报，所以当时的人们通常都会在死刑审批的这段时间尽量为犯人找到减轻刑罚的理由，这也就是所谓的"恻隐之心"。只不过，这次的几名犯人没有盼来好消息。

享保十二年十二月七日，所有涉案人都聚集在白洲，听候案件的最终判决。判决如下：

庄三郎（时年五十五岁），虽然并未直接涉案，但其身为一家之主，理应对此案件承担监管不力之责，被驱逐出江户；阿常因其身份情况，同样被发判到外地。阿熊和忠七（时年三十岁），被判处当众斩首示众。女佣阿久同样被判处当众斩首示众。

对阿菊的判决如下：

女佣阿菊虽然是听从庄三郎夫人阿常的交代才犯下如此罪过，但其行为实在欠缺考虑，又因其伤人在先，故判处死刑，无须游街示众。

在这个案子里，一共有四人被判处死刑。这几个人中，最冷静的是阿熊，仿佛已经认命了；忠七和阿久都被吓得连话都说不出来；阿菊觉得自己冤枉，哭个不停；阿熊看到阿菊泣不成声的样子，也流下了眼泪。临刑前，阿菊还在不停地哭泣、祈求。只是木已成舟，谁都帮不了她。判官也不是铁石心肠之人，四个死刑犯里唯有阿菊无须示众，已经是对她优待了。只因她毕竟用刀伤害主人，这在当时是极大的罪过。除此之外，其他涉案人并没有被判处刑罚。

阿熊在狱中曾对阿菊承诺，一旦出去后，就将自己的黄八丈窄袖服送给阿菊。但二人都是死刑犯，阿菊只好就让阿熊在临刑那天穿上那套最喜欢的黄八丈窄袖服，也算不留遗憾了。

宣判后的第三天，阿熊、忠七和阿久就被带到街上游行斩首。那天，阿久在阿熊的白色衣服外套上了那套黄八丈窄袖服，脖子上还戴着水晶珠链。那天早上刚好降霜，阿菊就在牢房的小窗户后面，看着阿熊穿戴好衣服并被送去游行斩首。而阿菊自己，则在牢房中被执行死刑。

12

池袋之怪

在安政大地震的那年，麻布六本木某处宅院发生过一件怪事。

那处宅院的上一任主人用此地来安置小妾，居住了多年，倒也没发生什么怪事。但那年初夏，小妾突然发现有只青蛙顺着走廊爬到卧室的蚊帐里，就连忙唤来下人驱赶。没想到第二天夜里，蚊帐里又出现一只青蛙，往后也总是如此。因为地处偏僻，院子里还有池塘，杂草丛生，大家一开始没怎么把青蛙当回事。但接连几天总有青蛙跳进卧室，就着实有点奇怪。更奇怪的是，跳进来的青蛙从一只变成两只、三只，越来越多。有人说，可能院子里有个青蛙的老巢，只要找出老巢，再捣毁，以后就没有青蛙了。

于是，小妾就找工人师傅修整院子里的池塘和杂草。修整后，当天晚上，青蛙真的再也没有出现，大家也就跟着安了心。

但没想到，青蛙消失后，更奇怪的事情接连发生。

某天傍晚，不知从何处传来了隆隆的响声，房屋也跟着震动。刚刚经历过一场大地震的人们连连呼唤"地震了"，但不一会儿，异动消失了。然而，这种异动在之后的每个傍晚都要出现一次，把众人折腾得够呛。武士们开始四处巡查，也未发现原因，而女佣们则早已经被吓得魂飞魄散。

异动一直持续了十天才消失。之后，天上突然下起了石头雨。在当时，民间有一些关于石头雨的传闻，但此院中的情况却有不同。石头并非一块接一块地接连而降，而是先降下来几块，就停歇片刻，再接着降落。石头雨有时会出现在院子里，有时会出现在卧室里，但是无论是哪种情况，都没人能找出这些石头到底是从哪里来的。

有一位年轻好胜的武士发誓一定要找出原因，就集合了几个人整夜守在宅院里想找出异常，但石头雨依旧在下，武士们也没找出背后真正的原因。

这一夜，武士们在平时最常出现石头雨的房间坐着执勤，一个个都抬头盯着天花板。盯了许久，石头雨也没降临，正当众人觉得眼酸脖子疼，准备低头休息的时候，石头雨又来了！

年轻的武士们觉得背后操控者肯定是躲在天花板上面偷看，所以才在他们走神之时开始降落石头。但大家谁都拿背后操控者没有办法，武士井神觉得，石头雨应该跟狐狸脱不了关系，开枪吓唬吓唬应该就没事了。

这样想着，他便起身去找枪。谁知道，他刚拿枪回来，一块大石头就从天而降，正好砸中他，血一下子就流了出来。但他丝毫不感到害怕，而是端起枪冲天花板开了几枪。众人也都纷纷站起来，把每块天花板都翻起来检查，却什么也没发现。

这可太奇怪了！以前，掉落的石头从来没有砸到谁，怎么今天就偏偏砸中了井神？

人们议论纷纷，都说谁家请了池袋村的女佣，谁家里就会发生怪事，因为池袋村的神灵不希望自己的子民到外地去居住。人们猜测，宅院里的事情是否和池袋村女佣有关，就挨个询问家中女佣的家乡，果然，其中有一个女佣就是池袋人。虽然她平时表现良好，也没有人敢说异象一定跟她相关，但她还是被辞退了。

池袋女佣离开后，天降石头雨的现象仍然没有停止。众人纷纷表示，传闻果然不能听信。出乎意料的是，两三天后，降落的石头数量开始减少。五六天后，石头雨基本停歇了。而且，从那以后，再也没有其他的怪事发生。

直到这个时候，众人这才相信，之前的几桩怪事都是池袋村的神灵在作祟，紧张的神经终于得到放松。

以上故事都是我从当事人那里听来的，今天原封不动地讲给大家。怪事确实存在，但是否是神灵导致的，就不得而知了。池袋村在今天仍然存在，但那些传闻已经很少听到了。

在江户时期，除了池袋村外，还有一些其他村子也都有类似的传闻。根岸先生在作品《耳袋》中也记载过相似的故事：东武南方，池上本门寺附近有一个神奇的村子，名字叫池尻。人们都说，在这个村子里出生的女人都容易招惹妖怪，是否是事实，尚不得而知。如今看来，池尻这个村子可能真实存在这样的传闻，但也可能是根岸先生误将"池袋"写作"池尻"。

言归正传。在江户时代，只要谁家出现了怪事，人们都默认为要么是妖怪作祟，要么就是请了池袋女佣。还有一种说法，说是只有主家有人与池袋女佣有了私情，家中才会出现奇怪的现象，只是雇用池袋女佣干活的话，并不会出现怪事。事情距今已经过去很久，到底哪种说法更接近事实真相，已不得而知了。

13

月夜物语

这个故事来自E君。

我这里有三个故事，而且都跟时间有关——分别是七月二十六夜、八月十五夜和九月十三夜，我就按照时间顺序来说吧。

第一个要讲给大家听的是七月二十六夜的故事。这个故事其实是我从一位落语师父那里听来的，故事发生在明治八九年的时候。

落语师父在当时还是个新人，没有什么江湖地位，也就比底层的群众演员好那么一丁点。此前他一直寄居在师父家，因此格外渴望能够搬出去自立门户。征得师父同意后，他打算租一个简陋的小房子。那个年代并没有报纸能够发布租房信息，因此他只能自己出门四处打听谁家有房子要往外租。连着几日，他把浅草下谷稻到本所深川附近的房子都打听了一个遍，也没找到合适的房子。他的要求是有两三个卧室，房租不超过一块二十五分，按这个预算，即使在那个时代，要找到合适的房子也不是易事。

正值八月酷暑，某天他照旧外出去找房子。走到下谷御徒町的某条小巷时，他看到了一个"有房出租"的广告。他过去一看，发现那是一个有三间卧室的房子，价格一块二十分，刚好在他的预算内。于是，他很高兴地顺着广告往小巷里面走。这个巷子特别窄，巷子尽头有一个小屋子，上面贴着"出租"两个大字。当时有个风俗，房东为了避免挨个解说房子的麻烦，通常会把要出租的房子房门打开，让有意向的租客自行参观。

于是，他就先从门外往里看。这套房子面积并不大，门后面是一个狭窄的换鞋的玄关，里面是一个二席子大的房间，再挨着的分别是一个六席子和三席子的房间与厨房。虽然光线不够明亮，看得不是特别清楚，但房子似乎还是保养得不错的。他觉得还算满意。

这时，他突然发现那间三席子大的房间里竟然坐着一位老婆婆！他以为老婆婆也是来看房的访客，就喊了一声："打扰了。"

但是老婆婆并没有给他任何回应。于是他继续问道："请问，这间房子是要往外租吗？"

他又接着喊了几声，但老婆婆都跟听不见似的，一声不吭。

他猜测，这估计是一个聋哑的老婆婆，就走回巷子路口，向杂货店的年轻老板娘打听道："请问，巷尾那间要出租的房子是谁家的呀？我想找一下业主。"

正在路边洗衣服的老板娘告诉他，业主住在一町外的某个地方，是个卖酒的。

"谢谢您啦。对啦，您知道那屋子里有个看房子的老婆婆吗？我刚才跟她说话，不知道她是睡着了还是耳朵不太好，我怎么叫，她都跟听不见似的。"

没想到，老板娘听到这句话后，反应却很大。

"你是说，你刚才又看到那个老婆子了？"

他听到这个"又"字，感觉有点奇怪，也开始害怕，怀疑那位老婆婆不是"人"，赶紧从巷子里跑出来。因为太过害怕，所以他根本就没有去寻找业主，只想赶紧逃离。

过了一会儿，他静下心来仔细想了想，现在是八月，又是大中午，如果老婆婆真是什么妖魔鬼怪，也不敢在这个时间段出来，估计老板娘是故意吓他的。但不管怎么说这件事还是有点奇怪，他就怀着不安的心情回到了师父家里。

正值酷暑，说书场也都休息放假，晚上都闲待着没事儿干。师母提醒他，今天是二十六夜，让他去祭拜一下。以往他从来没有在二十六夜祭拜过，但今后自己也算自立门户了，拜拜总是没有坏处的，于是他打算在晚上出门看看。

二十六夜的月亮总是要很晚才能出来，很多人都在外面等着，有些地方还非常热闹。

他先是去了汤岛天神神社，没想到那里已经聚集了很多人，甚至还有很多老人和孩子。

明治初年，江户时代的一些风俗还有延续，等待二十六夜便是当时的一种风俗。正当他在人群里四处张望时，他竟然在人群里看到了白天见过的那位老婆婆。这可把他吓了一跳！本来他还想安慰自己，白天光线不够，他并没有看清老婆婆的长相，老人家都长得差不多，说不定不是白天见过的那个老婆婆。但等他仔细看过去后，才发现这位老婆婆跟白天的那位简直一模一样，就连身上的穿着打扮都一模一样！

这简直太奇怪了！他再也不想待了，只想赶紧离开此地。离开后，他就改成前往九段方向。那边也聚集了很多人，非常热闹。但是让他感到吃惊的是，之前在汤岛看到的那位老婆婆竟然也跟着出现在了这里！幸好周围人来人往的非常热闹，如果只有他一个人的话，估计会立马吓晕过去。

之后，他爬上了爱宕山，来到高轮海岸边。但不管他去到哪里，他总会在人群中见到那位奇怪的老婆婆。虽然老婆婆并没有看着他，也没有跟他说过一句话，就只是那样静静地站在人群中，但他已经被吓得无比敏感，一看到老婆婆，他就几乎要崩溃。他觉得自己简直是被怪婆婆给盯上了！

还没有到月亮升起的时间，但他已经没有心思等候，决定尽早回家，眼不见心不烦。那个年代，并没有电车地铁之类的交通工具，他只能选择搭乘人力车回家。

谁知，在金杉大道上，车夫把车停了下来，跟他打了声招呼，说是要去买蜡烛。

虽然归心似箭，他也只能眼睁睁地看着车夫去杂货店买蜡烛。一瞄到杂货店，他就想到今天白天遇见的那个年轻老板娘，不知怎的，他突然想回下头。果然，就在不远的一个阴暗角落里，他又看到了那个怪婆婆。

他一下跳下了人力车，自己飞快地往家里奔去。

但人力车停的地方离师父家实在有些远，他一时半会儿也回不去，就只能往人多的地方挤。怪婆婆并没有跟着他，但他还是感到非常害怕。

就这样心惊胆战地跑着跑着，他来到了一家渡船旅馆，平时师父经常在这里演出，他想，自己可以先去住一晚。

接待员被他的样子吓了一跳，说："喂，您这是怎么了，这么紧张兮兮的，难道是病了？"

他把一路看到怪婆婆的事情跟接待员讲了一遍，没想到对方竟然不惊反笑。旁听的艺伎也都掩着嘴笑起来。他就知道，这些人不会相信他，只会嘲笑他胆小怕死。

不过，好说歹说，他终于成功地在旅馆住下来了。

那晚，二十六夜月亮升起来时，他已经一个人躲在客房的蚊帐里。当晚，并无其他怪事发生。

第二天清早，他回到师父家中，众人听到他的事后也都笑了起来。无可奈何之下，他只能一个人又来到御徒町。

打探一番后，他发现要出租的那栋房子其实好好的，没有人死亡，也没发生什么怪事。而且，房子的前任住客是一位当铺的老板，现在搬到了其他地方，日子过得好好的。不过，据说当铺老板是在上个月的盂兰盆节前夕搬走的。之后没两天，就有人看到一个老婆婆进入了那栋房子。没有人看到老婆婆是否离开，但此后每隔几天，总有人能够在那栋房子里看到那位老婆婆。业主也觉得这件事有点怪，就安排自己的几名店员过去守着。店员把房子翻了个底朝天，也没找到什么奇怪的东西。不过，自从这件事传出去之后，这栋房子就彻底租不出去了，而总有人不断看到老婆婆出现，大家都不知道她是何方妖魔鬼怪。

他了解清楚后，觉得自己一定是被怪婆婆附身，回家后没几天就病了。幸好之后他并没有看到过怪婆婆，身体也慢慢恢复健康。九月份时，他开始重新登台表演。

冬天到了，那栋奇怪的房子一直都没有租出去，但十一月份的某一天中午，房子突然着起火来，刚好把老婆婆出现过的那间屋子烧得一干二净。其中的缘由，就更加没人知道了。

上一个故事就到此结束了，接下来要讲的是十五夜故事。

这个故事比较简短。故事大概发生在二十年前，当时政府要重新规划芝区樱川町的基建，当地居民被要求先集体撤离。当地有一家香烟店，已经开了二十多年。香烟店老板常对客人讲起自己遇到的一件怪事——他家二楼楼梯下方经常能看到人影。

当然，这种离奇的怪事并不经常发生，只在每年的农历八月十五那天出现，而且还得是天气好的时候。如果赶上阴天下雨，人影就不会出现。他起先觉得，这可能是月光投影到屋里后，照到什么东西，才会呈现出类似人影的阴影。但是，这个阴影偏偏平时不出现，只在农历八月十五出现，也确实太过奇怪。虽然看不清楚影子，但他仍能分辨出，那是一名男子的身形。因为影子并没有作恶，只是静静地出现在那儿，到天亮就消散，再加上他的妻子和其他家人似乎从来没有发现过影子的存在，而老板也是个胆子大的人，所以几十年来就这么一直相安无事。老板觉得，自己可能是唯一能看到影子的人，为了避免吓坏家人，他也就一直把事情烂在肚子里。如果外人得知店里闹鬼，恐怕会影响生意，所以他就干脆都没有对外说。

但是，当时房子因为要拆迁，他想起这件事来，就想借此机会看看楼梯下方是否有什么蹊跷，或许能像那些逸闻故事里那样挖出几罐金银珠宝来。

果不其然，他竟然在里面挖出了五具尸骨——其中三具应该是狗，另外两具是猫或者貉。这几具尸骨颇具年代，来历已经不可考，至今仍没人能查出真相。当地有几家报纸曾经报道过这件事，但事实的真相如今已经不可得知了。

第三个故事是十三夜。故事发生在明治十九年，我十五六岁那年。

那时我家还住在小石川大塚，虽然现在那里早就通了电车，但在当时还只是个偏僻的小镇。镇上的房子绝大部分都是江户时代遗留下来的老建筑，因为年代太久，这些老房子在白天看起来都有点阴暗，更别提夜晚有多么阴森恐怖了。但是，也正因为这些原因，当地的地价和租金都比较便宜，我父母也因此在那里购买房产，定居了下来。

我有一个中学同学，名叫梶井，他父亲是在银行上班的。也是因为图便宜，他们家搬到了我家对面。那个房子的前任业主本多已经在此定居多年，近年生意失败才不得不出售房子，前往外地谋生。那个房子虽然已经不如过去那样风光无限，但是比起我们家来则绰绰有余，显得更加大气。经历岁月的洗礼，房子表面有些破败不堪，但面积足足有上千平方米。

梶井家搬进去之前花钱对房子维修了一番，先从卧室开始装修，再收拾院子。我那时年纪小，只知道梶井父亲很有钱，因为他们家请了很多工人。然而，就在某个午后，梶井匆忙地跑到我家，拉起我就走，还嚷嚷自己家里发生了怪事，让我一起去看看。

那天天气晴朗，我对着跑得上气不接下气的梶井问道："到底发生了什么事？你怎么这么慌张？"

"从稻荷神社走廊的地板下面翻出来一条大蛇！"他告诉我。

我一听就笑了出来。不过是条蛇罢了，也就梶井这种没怎么见过蛇的会大惊小怪，像我这种乡下孩子，蛇和青蛙都是司空见惯的东西。

梶井看我没当回事的表情，连忙说道："我家院子里种着两棵大山毛榉，四周杂草丛生，就在那山毛榉下面，有一个小的稻荷神社。"

"我想起来了，那个神社我记得好像已经破败不堪了，就是在那里发现的蛇吗？"

"对，发现了一条三尺长的灰蛇！"

"也不是很大啊，你怎么这么紧张？就是更大的蛇，在这边也是遍地都是。"

"哎呀，不只是这条小蛇，我说不清，你快跟我来。"

因为梶井太过紧张兮兮的，所以我决定还是跟他去看一下。来到他们家院子后，我发现这里已经变成了杂草的世界。在院子一角的山毛榉下，已经有好几个工人正围在那里交头接耳，梶井父亲也穿着木屐站在一旁。

这座小神社是前任业主留下来的，已经老化得非常严重。但梶井家并不信这些，准备直接推平拆掉。由于神社早就已经破败不堪，按理来说，一个成年男子使点劲一推就能把它推倒。但是就在工人准备推翻小神社的时候，发现神社前方有一个小鸟巢，上面挂着十三夜稻荷的牌匾。

稻荷神社常见，但十三夜稻荷却不常见，所以工人就叫主家过来看。

梶井父亲也觉得有点奇怪，慎重起见，便仔细在神社中查找，没想到找到一个白色的木头箱子——看来神社中祭拜的就是这个箱子了。箱子虽然已经挂着锁，但锁已经生锈，打开箱子，众人发现箱子里竟然是一封信和一缕女人的长发。信里的内容是：我们家的小妾阿玉跟下人偷情，在十三夜被处死，特将其头发供于此地，以防其鬼魂作恶。

这类大宅院里的私密之事虽然不少见，但专门为此建立一个神社的还是颇为少见，工人们都感到有些诡异。但梶井父亲上过学，对此并不害怕，准备直接扔掉这封信和头发，继续开工。可梶井母亲却拦着他，没有让他丢掉信和头发。

在接下来的工程中，众人又发现了走廊下面有一条灰蛇，还没看清楚，灰蛇就一溜烟逃走了。梶井母亲把信和头发寄放到菩提寺，希望僧人能够将其恶念洗涤干净，之后再埋入墓地。

梶井叫我来就是为了这事，还特地让我看了眼信和头发。当时我也没有怎么当回事，那时年纪小，不信鬼神之事。

因为信上写着十三夜，所以众人都觉得小妾应该是在九月十三夜被处死，这间神社也因此才被命名为"十三夜稻荷"。因前业主家族在这里居住了很久，也不知道这件事是发生在哪一辈的时候，不过，鸟巢上的柱子上倒是写着"安政三年重修"的字样。当地在安政二年发生过地震，人们猜测，房子应该是在地震后重修的。

众人对这类怪事总是免不了议论纷纷，我却对此丝毫不感兴趣。

如果这件事到此为止，倒也没有什么令人觉得奇怪的。但奇怪的就是之后发生的事。

梶井身子一向不大好，经常请假休养，就上了一年学。他的志向是学医，而当时最好的医学院是济生学社。那是一间很好的医学院，每年都培养很多医生，当然其中也不乏成日跟妓女勾搭的纨绔子弟。梶井为人洒脱，但是作风也颇为浪荡，入学后跟某个妓女一起吸食吗啡，结果不小心吸食过量，丢了性命。他家境不错，又是家里唯一的孩子，大家都想不明白他为什么会走上这条路。大家推测，他可能是常年疾病在身想要解脱，或者是被妓女诱导。

梶井去世后，我到梶井家探望他的母亲。

一提起儿子，他母亲便泪流不止。她哭着对我说："我真不明白，梶井怎么会自杀？你知道吗，跟他一起自杀的那个女孩竟然是前业主的女儿！他们一家子搬走后，家境仍然没有好转，女儿最后还走上了卖身这条路。你说，梶井知不知道她这一层身份？"

我说道："这确实有点奇怪，两个人竟然能遇上！不过，梶井应该是知道的吧，说不定还就是因为这点奇妙的缘分，两个人才会在一起的。梶井夫人，您仔细想想，梶井在出事之前，有没有发生什么奇怪的行为？毕竟……我觉得他实在不像是个会自杀的人啊。"

梶井母亲说道："他出事那天本来是请假在家的，但下午他就跟往常一样出门，出门前还提醒我，今天是十三夜。我看到他还在院子里摘了点芒草，以为是带给朋友，就也没多想。他去世后我才知道，他们自杀的那间房间竟然摆了芒草。"

再一次听到"十三夜"这几个字，一向不敬鬼神的我，竟然也感到有点发冷。

第二年，战争爆发，梶井的父亲发了一笔战争财，生意涉及了很多个行业，但却没有真正赚到大钱，反而将宅邸都赔了进去，后来一家人也不知道搬到哪里去了。

14

金祆子蛙

这个故事来自C君。

　　这个故事是我五六年前去箱根旅游时得知的。当时，我一边望着窗外山上的雾景，一边与S君慢悠悠地喝着下午茶。当时我们能听到远处传来的河水冲击石头的声音，我的心情也跟着变得柔软静谧了起来。

　　就在那样的一个下午，我听到了S君的这个关于金袄子蛙的故事。因为我并没有亲身经历，只是转述，所以也希望各位能够见谅。

　　我对S君说："这样的一个午后，真的是悠闲啊！"

　　S君回道："确实是的。但这悠闲有点稍微过了，让人感到了孤独和寂寞。箱根景色虽好，但交通不便，车不能直接开到旅馆门前，也因此少了很多游客。不过这样的地方倒是很适合我们俩在此看看书、养养神。虽然来时的那段石路颇为颠簸，但我却非常喜欢来这里。因为只有在这里，才能独享真正的宁静。"

S君每年都会至少来一次箱根的谷底温泉，对此地颇为钟爱。

远处的雾变得越来越浓，此前还能看得清晰的绿树已经被笼罩在浓雾中。我觉得有点凉，就把楼上走廊的门关上了。

我问S君："关上门以后，还能听到金袄子蛙叫吗？"

"当然了。不过我真没想到，你竟然喜欢听青蛙叫，有很多人都欣赏不来。不过，我每次听到金袄子蛙叫时，总会格外有种孤独之感。当然，这中间也是有典故的……"

"能详细说说具体是怎么回事吗？"

"其实倒也不是什么直接相关的事，算是间接跟金袄子蛙有点关系吧。以前我也来过这间旅馆，而且很喜欢这里。这八年里，每次来箱根，我都在这里入住，也听见过金袄子蛙的叫声。我通常都是在七八月份的夏天或者是十月、十一月的秋季过来。只有一次例外。那是五年前，我记得是梅子雨季，六月我就来到这儿了。六月是这里的旅游淡季，旅馆里游客稀少，这家旅馆里有时候甚至只有我一个客人。虽然旅馆老板担心我会觉得闷，但其实我反而喜欢一个人静静地待着。每天望着山外雾蒙蒙的景色，听听青蛙叫，多么惬意的小日子哟！那年，我一个人住了旅馆二楼一个八席大的房间，因为每天都能听到青蛙叫，所以我也从来没觉得有什么特别的。一个人在这里待了一个多星期后，旅馆迎来了三名女房客。因为整个旅馆的住客只有我一个，所以她们就选在了我旁边的房间入住。"

"她们都是年轻女孩吗？"我打趣道。

"有两个是年轻姑娘，一个十六岁左右的，看打扮像是小姐。另一个二十岁左右的像是她的女佣。另外还有一位四十来岁、很有气质的女人。虽然彼此住得相近，但除了在走廊或者浴室碰到会偶尔打个招呼外，我们其实并没有其他交流。"

"你还想有什么交流啊？"我继续打趣道。

"先不要忙着开玩笑，认真听下去。"S君严肃地说。

"好。"

"她们三位看上去都是有点身份的人，但是其实有点奇怪，因为她们每天都不出门，就窝在旅馆房间里。虽然这也没什么奇怪的，毕竟那几天天气也不是很好，但三个人住在一起免不得会有交流，隔壁房间竟然一直都静悄悄的，没有什么说话、打闹的声音传出来，这就有点奇怪了。那位四十多岁的女士中等身材，但颇为消瘦，面色也不太好。我本来以为她生了什么病，但后来见到她能独自去公共浴室洗澡，想来身体应该是健康的。但不管怎样，有个安静的邻居总比有吵闹的邻居好，所以我也没多想。有一天，上午天气颇为不错，我打算出门去散散步，顺便再采买一点东西。没想到，在返程路上，天又开始下雨了，一直下到当天晚上都没有停下来。我开始觉得有点闹心，显然明天又不是个好天气。"

"吃过晚饭后，我就在房间里看书，十点多去浴室洗了澡，回来后就早早上床准备入睡。我的三位女邻居似乎早就已经入睡了——她们的作息好像很规律。那天晚上，我先是听见雨点坠地的声音，后来是越来越大的流水声，显然是下了一夜大雨。在这种雨夜里，金袄子蛙的叫声显得分外凄惨，仿佛被沾染上了某种哀愁一样，让人揪心。我虽然很早就上床躺着，却一直没能真正睡着，凌晨一点时，我又爬起来抽烟，因为旅馆里本来就没有几个人，所以这栋楼显得格外幽静。在这样安静的环境下，我变得更加敏感，于是就更难入睡，决定干脆起床看书算了。"

"怪事就发生在我准备从被窝爬起的那一刻。当时，我的耳边传来细小的声音：'爸爸。'"

"因为四周实在是太安静了，所以这个声音变得格外明显。那声音虽然小，却叫得格外悲惨。我仔细听起来，发现这个声音既不像人声，又不像金袄子蛙叫。我觉得有点恐怖，就四处张望。没想到，这次我的耳边传来'妈妈'的叫声。我吓得赶紧屏住呼吸，一声都不敢发出。当然，如果你要说我胆子太小，我也认了。只是在那种情况下听到这种声音，实在太过诡异了。我坐在地板上仔细听着，过了两分钟，我又听到一声'爸爸'。这一次，我听见声音好像是从那三位女住客的房间传来的。"

"你不是说她们每天都很早入睡吗？"我问道。

"所以才觉得诡异啊！为了验证自己的想法，我还特意把窗户拉开，使劲向隔壁的房间张望，结果发现里面漆黑一片，甚至连灯都没有点。正当我怀疑自己时，隔壁漆黑的窗户里又传来一声'妈妈'。"

"我当时吓坏了，赶紧钻进被窝里。不过，之后我就再也没有听到其他声音了。那天夜里我受到了惊吓，一夜都没能入睡，一直保持着紧张的状态，就连金袄子蛙的叫声都听得比平时清晰，却再也没有听到之前的怪声。天刚亮我就去泡了温泉，回到房间时，隔壁的三位女住客才刚刚起床。我偷偷观察她们，发现她们跟之前一模一样，看上去都很正常，而且似乎她们昨晚并没有听见怪声。可是，我又确信她们房间里传出了怪声。"

"这事毕竟太过蹊跷，如果我直接找上门去询问，估计她们会觉得我脑子出了问题，所以我就什么都没说。虽说雨下了一夜，但第二天却是个大晴天，山外的景色也显得格外有朝气。于是，失眠了一夜的我还是决定出去散步，享受这美景。"

"在外面转了转后，我心情变得好多了。一个多小时后，我开始往回走。在路上，遇到了隔壁的女佣，她也是刚刚采买完东西，准备回旅馆。于是，我们两个人就同行。一路上，我有意跟她交流，想从中打探点东西，但却什么都没问出来。而且她告诉我，她的主人是一位驻扎在欧洲的外交官，从那边给女儿寄回了一个娃娃，这个娃娃很是稀奇，右手抬起就会发出'爸爸'的叫声，左手抬起就会叫'妈妈'。"

"竟然是个娃娃！"听到这里，我有点哭笑不得。

S君说："不，事情还没完，你先耐心听下去。"

我再次正襟危坐。

"这个娃娃是寄给外交官的小女儿的，她那年只有九岁，是那位少女的妹妹。小女儿非常喜爱这个娃娃，但是不慎将娃娃的手折断，娃娃就再也发不出任何声音了。因为这种类型的娃娃在日本并没有生产，所以她们只能将娃娃寄回欧洲去维修。娃娃是在去年九月坏掉的，外交官爸爸在今年一月回信说，他会将娃娃拿去维修。可怜的是，小女儿在今年开春就不幸因病去世了。据说，在重病期间，她还一直念叨着娃娃有没有修好寄回来，还学着娃娃那样发出'爸爸'和'妈妈'的声音。小女儿去世后，外交官夫人非常伤心，整夜失眠。小女儿忌日的三十五天后，夫人收到了从欧洲寄回的娃娃。估计爸爸此刻还没有得知小女儿去世的消息。收到娃娃后，夫人特地将娃娃供奉在小女儿的灵前。"

"前面说过，这个娃娃只要一举起手就会发出声音。但是夫人一听到声音，就会想到她的小女儿。为了避免夫人太过难过，大家就心照不宣地谁也不去碰娃娃的手。但是外交官夫人实在是太疼爱小女儿了，天天看着女儿的灵位和供奉的娃娃、水果、糕点，终日以泪洗面。亲人们觉得，就这样下去，夫人的身体一定会吃不消的，就建议她去外地旅游散心，所以她们三人才来到箱根。为此，她们还特意挑选了这间最安静的旅馆，让大女儿和女佣陪着她。"

"到这个时候，我这才明白为什么那位夫人面色看起来如此不好，其他两人也都显得有些落寞。可是，半夜的怪叫之谜仍然没解开。犹豫再三，我还是询问女佣，这次出行，她们是否把娃娃一起带来了。女佣点点头，她说，夫人希望小女儿也能来箱根看看，就把娃娃一起带了过来。"

"听到这里，我不禁打了个寒战。当我询问女佣昨晚是否听见奇怪的声音时，她神色有点紧张，还解释说自己住在下人房，什么也没有听见。我只好一五一十地把昨晚的经历讲给她听。"

"没想到，她告诉我，在京都时，夫人也常在半夜听到怪声。不过大家都觉得她是太过于思念小女儿导致了幻听，所以没有人相信她。但是假如我这个陌生人也听到了怪声，那就说明夫人没有幻听。女佣甚至有个听起来无比荒诞的猜测——莫非是小女儿的灵魂附身到了娃娃身上？"

"这种问题，我是找不到答案的。我安慰她说，也有可能是夫人晚上太想念小女儿，就把娃娃拿出来观看，无意间碰到了娃娃的手，所以才会发出怪叫。也不知道她有没有相信我的这番说辞，我也没有追问。我叮嘱女佣，让她不要把这件事告诉夫人，然后就跟她告别，回到了自己的房间。"

"虽然刚刚安慰过女佣，但其实我的内心非常慌张。整件事实在太奇怪了！那天晚上，我依旧整夜没睡，同样是个雨夜，金袄子蛙的声音不断传来。但我仔细聆听，但却没有听到任何怪声。我一直在想，前一天晚上听到的怪声，到底是夫人拿着娃娃时弄出的声音，还是金袄子蛙的叫声混淆了我的神经，又或者，根本就是娃娃自己发出的声音？"

"三位女住客继续住了三天后就换到了其他旅馆。但那年秋天，我在翻看报纸时无意中看到了那位外交官夫人去世的消息，神经又紧张了起来。这几年来，每次来到这家旅馆，我都不由自主地想起这段经历。不过，那位夫人总算能和自己的小女儿地下重逢，从某种意义来说，也算是一件好事吧！"

# 15

## 鱼妖之咒

田宫夫人虽然已人到中年，却仍然保持良好身材，且气质优雅。

她缓缓张开口对我说：

"我每年都会到这里来泡温泉，已经坚持了三十七年了，即使中间换过其他旅馆，但每年也至少会到这家旅馆住一次。在大地震之前，我在这里一直住了十四年。"

其实田宫夫人经常来这家旅馆的事我早就知道了，她正在读大学的外甥跟我相熟，他告诉我，这家旅馆环境清幽，服务也非常周到。因为他的推荐，所以我才想过来游玩一番。

田宫夫人的外甥为人很热情，我没有提前通知他，但他似乎已经告知旅馆老板要好好接待初来乍到的我。旅馆老板帮我安排到了二楼的一间安静的客房，还贴心地告诉我，河水流动声可能会有点吵，但除此之外，他们只接待安静的客人，让我在这里好好休息。

"我们一直深受田宫夫人的照顾，她有时一年来几次，有时来一次。但不管怎样，每年都会来我们这里。她的气质真的很好啊。"旅馆老板由衷地说道。

其实，不管哪里的温泉旅馆，都一定能听到流水声，因此我对这点并不介怀。而除此之外，这家旅馆确实也非常安静。我是在五月初来到这里的，从窗户能看到对面山上一片油绿，非常喜人。在东京随处可见的马醉木嫩叶，在这里也开得格外漂亮。山脚下长满了蝴蝶花，更是锦上添花。在这个地方，偶尔会听到几声蛙叫——一到六月，就能听到金袄子蛙的叫声。

我在旅馆一住就是两三周，准备再待几天就返程。就在我准备收拾行李返程时，恰逢田宫夫人前来入住。可惜旅馆老板把她安排在楼下的客房里住下，而我住在二楼，并没有什么碰面的机会。

但是，出乎意料的是，她似乎从外甥和旅馆老板那里听说了我在这儿的消息，刚入住就前来拜访。因为我们都已经上了年纪，早已过了该避嫌的年纪，所以我就也礼貌性地到她的客房坐了二十多分钟才离开。

在我退房前一天的傍晚，田宫夫人又来拜访。她听说我明天就要退房，过来跟我闲聊几句。

还有半个多月才到梅子雨季，但这里却早已经湿漉漉的。天气有些阴沉，太阳很早就下山了。

田宫夫人现年五十六七岁，听说她二十出头的时候结过一次婚，之后就一直单身一人。我之前提到的外甥是田宫夫人妹妹的二儿子，因田宫夫人膝下无子，他就被过继过来，称呼田宫夫人一声"母亲"，以后也能继承她的家业。他曾经跟我讲过田宫夫人那段短暂的婚姻，据说他们结婚后一周，丈夫就离家出走，不知所终。可田宫夫人似乎对丈夫格外长情，决定不再嫁人。他说这中间似乎有些隐情，但是他母亲从来不对他讲，个中原因，他也不怎么了解。

田宫夫人虽已年过半百，但仍气质优雅，年轻时想必也一定是个美人。而她的夫家——田宫家族也家境颇丰。到底是什么原因，让这样的一个人一直未婚呢？我跟田宫夫人聊天时，脑子里不由自主地闪过这些疑问。

窗外传来流水声，还时不时夹杂着几声蛙叫，于是我开口道："这青蛙的叫声真大呀。"

田宫夫人接过了话茬道："是啊，不过，比起以前，现在已经小了很多。以前这里可没这么安静，青蛙的叫声比流水声还大。"

"是这样吗？可能是因为现在这片地方都已经开发了，人也越来越多吧。我之前去河流上游的时候还看到岸边有人在钓鱼，听说是要钓真鳟。服务员跟我说，以前这里经常有人钓到真鳟，只是近几年越来越难了，也不知道真的假的。"

我说完这句话后，田宫夫人变了变脸色，但是很快就恢复了平静，继续说："确实，以前河里有很多真鳟，但附近住的人越来越多后，就很少见了。"

我们之间的对话，看似跟其他住客之间的闲聊相似，可是我却没想到，因为这个话引子，我会从田宫夫人那里听来一段尘封多年的怪谈轶事。

我也说不清为什么田宫夫人将这段往事隐藏了那么多年，连自己的亲外甥都没有透露，却在这家小旅馆里，对我一个外人吐露了心声。

下面就是田宫夫人说的故事。

明治二十八年，我十九岁，刚从女校毕业。那一年，中日战争刚刚结束。五月份，我跟随家人第一次来到这里泡温泉。

这里的温泉是从大战爆发以后才开始知名的。在战争时期，军队把伤员送到这里休养，随后他们发现这里的温泉水能够加速刀伤的治愈。很多人前来慰问伤员，再往后，来的人越来越多，这里的名声也就传了出去。

那一次，我也是和亲人一起来慰问伤员。

我和松岛先生的儿子是多年好友，他在军队担任少尉，负伤后就被人从满洲送到这里。因为我们两人是世交，我父亲忙于公务，母亲又刚好重病，就由家族里一对夫妻带着我前来探望。

　　想一想，人生还是很有意思的，如果那一年我没有来这里，可能就不会发生后面的故事了吧。那时，我只是一个抱着激动的心情来探望伤员的小女生，并没有想过这次前来会给我的人生带来什么影响。

　　那个时期，前往这里的路途遥远，交通不便，一路奔波后，我们终于到了目的地。我们先在旅馆住了一天，次日就带着糕点、香烟和手帕等军用物资前去探望，还把物资分给松岛先生的战友们。

　　这一次的探望之行非常顺利，我们准备再停留一天就离开。初夏的白天特别长，在旅馆洗完澡后我们无所事事，就顺着路外出散步。

　　我和亲戚三人沿着河岸边的小路往上游走。虽然这里的房屋已经变了样子，但当年的景色跟如今也相差不了太多。我们三人一路听着蛙叫，直到走到一个少有人在的地方。在这里，我们呼吸着芒草的清香，听着流水声，别有一番滋味。

　　我们停留了一阵，仔细打量四周，才发现在河边的一块大石头上有两个男人正在钓鱼。他们穿着白色衣服，一看就是在附近休养的伤员。之前在探望松岛先生时，他也曾告诉我们，有些伤势已经好转的伤员闲来无事的时候会在附近钓钓鱼，打发时间。没想到，我们竟然在这里遇到了他们。其中一位男人，竟然就是松岛先生。

我问他有没有钓到鱼，他笑着摇摇头，还表示，估计是河水太过清澈，能看到很多鱼但就是钓不上来。

不过，难归难，他们终归也是钓了两条。松岛先生取出装鱼的器皿让我们看，里面有一大一小两条鱼。

就在这时，我竟然看到一件非常奇怪的事情，这也是我这段往事的重点。

当时，松岛先生过来跟我们聊天，他的同伴则在一旁继续钓鱼。我看到他的渔竿晃动，应该是一次钓到了很多条鱼吧。我一边跟松岛先生闲聊，一边不经意地向那位男子瞄了一眼，竟然看到他钓到了一条像蛇一般细长的鱼，看上去像是鳗鱼。

然而，他把鱼从鱼钩上拿下后，先是飞快地瞄了一下周围，发现没人留意后，竟然直接就把那条鱼生吞了下去！那条鱼个头可不小，足有一尺多长，而他竟然能够生吞，这着实有些恐怖！

但是，不管是随行的亲戚还是松岛先生，似乎都没有留意到他的举动，只有我一个人看到了这一幕。他若无其事地吃掉那条鱼，然后又把渔竿放下，继续钓鱼。

我当时年纪本来不大，性格外向，喜欢与人说话，但不知道为什么，目睹了这样恐怖的吞鱼事件，我竟然没有跟任何人说。

第二天清早，我们临走前又去跟松岛先生告别。这次我还见到了他的室友，而且这个室友竟然是昨天生吞鱼的那个人，还是一名少尉。我看到他时有些慌张，但仍装作若无其事的样子。他比松岛先生还要有风度，虽然皮肤黝黑，但看上去一表人才，家境也不错，说起话来也温声细语的，很是和气。总之，他无论如何都不像是那种会生吞活鱼的人。

他显然是不知道我昨天目睹了什么，还热情地和我们说着话。我一想到昨天他生吞鱼就觉得很害怕，但也不敢表露出来，只是静静低头听着，偶尔抬头偷瞄他几眼。

回到东京后，我把探望松岛先生一行遇到的事向父母和妹妹一一讲述，唯独生吞鳗鱼的事情被我刻意忽略了过去。这种事本来就有点让人感到恶心，我也不希望这样会影响到他，因为怀着些许少女情怀，我对他还带着一点同情。

一个多月后，我竟然在家中见到了那个男人。他叫浅井秋夫，此番前来，一是拜见我的父母，二是向我一个多月前的探望表示感谢。他说自己是受松岛先生的委托前来表示感谢，松岛先生也已经痊愈，十天后就会返回东京。

接下来，他和我父亲聊了些关于战争的事，待了一个多小时后才离开。他这一次的到来，倒是给我父母留下了不错的印象，两人都觉得他一表人才，人品也不错。这时的我在心里暗暗感叹：幸亏我之前没有说出他生吞鳗鱼的事情。

十天后，松岛先生回到东京后又前来拜访。两个多月后，松岛先生和他母亲又再度前来，告知我家人浅井先生想向我提亲。如今回想起来，我一生的不幸，从那时起或许就已注定了吧。

松岛先生毕竟也是一名未婚男子，这种事情，总不好独自前来，于是就带着母亲一同来。通过他们的介绍，我了解到，浅井先生还有一位哥哥，毕业于东京帝国大学，现在在一间公司担任高管。浅井先生毕业后本来也在某家公司任职，因为有少尉身份，才上了战场。此番回来，他打算继续在以前的公司上班。

浅井先生也了解到，由于我是家中长女，家里也没有男孩，所以同意入赘。因为事关重大，我父母决定商议后再回复他。我父母本来就对浅井先生很满意，所谓的"商议"主要是要征求我的意见。

我对浅井先生也颇有好感，就答应了这桩婚事。

当然，我并没有忘记他在河边生吞鳗鱼的事情，甚至当晚还做了个怪梦。在梦里，我像鱼一样躺在砧板上，一个穿着鳗鱼店店员服装的师傅正要举刀刺瞎我的眼睛。我一边挣扎，一边留意到这个师傅只有一只眼睛是正常的。就在我挣脱不得、只能坐以待毙之时，浅井先生出现了，但是他忽略了我的求救声，反而抓起我就要生吞。

梦醒了，我发现自己早已满身大汗。看来，浅井先生生吞鳗鱼的事情确实给我留下了不小的阴影。我开始怀疑自己答应浅井先生的求婚到底是对是错，就这样，我纠结了一整个晚上没睡好。

但是天亮后，我的心情又转好，我想自己一定是对之前的事太过念念不忘，才会做这样一场噩梦。毕竟从心底来说，我还是很想嫁给浅井先生的。

就这样，家人开始准备我们两个的婚事。

我母亲身体一向多病，那年更是卧床不起，而我那时刚好十九岁。在当时，十九岁是不适合结婚的年龄，有很多忌讳，于是我和浅井先生的婚事就拖到了第二年四月底。在这段时间里，我家人又对浅井先生的背景进行了一番调查。这么一调查，我们发现他哥哥确实是在一家大公司做事，而且早已成家。他自己也很会做人，口碑一向良好。

于是，我们的婚姻就这样正式开始了。

结婚后，我和浅井先生决定进行一次蜜月旅行。在选择旅行目的地时，我们讨论了很久，最后还是决定去我们相遇的那个温泉之地，因为那里对我们二人有着特别的意义。当时的我并未想起生吞鳗鱼之事，只是怀着新婚的喜悦之情踏上了这段旅途。我们并没有选择现在这家旅馆，而是选择了下游的另一家旅馆。当时正值五月，一路上仍能听到许多蛙叫声。

我们计划在这里度过为期一周的蜜月。

事情就发生在第三天，我记得那天和今天一样，也是个阴天。那天上午我们外出散步，下午就在二楼房间里听着蛙叫和流水声闲聊，加深对彼此的了解。当时，窗外突然出现一个穿着旅馆制服的男人，正在河里拿着渔网要去捕鱼。

见到这人，我对浅井先生说："看，外面有人要捕鱼！他是要去抓真鳟吗？"

浅井先生回道："应该是的吧，这里没有香鱼，也没有罗鱼，也就只有真鳟和鳗鱼了。"

糟了，他提到了鳗鱼！我的脑子一下子又想起了他生吞鳗鱼的场景。

我假装镇定地问："怎么，这里还能钓到鳗鱼？"

"应该能的，不过也都是一些小鱼。"

"你去年在这里钓过鱼吗？"我继续问道。

"钓过几次。"

如果事情到此戛然而止，那也许后面的事情就不会发生了。但不知为什么，我不由自主地问道："你钓上来的鳗鱼……一般都怎么处理？"

"太小了，不能吃，就都放生了。"

"一条也没有吃吗？"

"没有啊。"

"你应该至少吃了一条吧，而且还是生吞……"

浅井先生忽然脸色一变，说："你怎么开这种玩笑！"

我突然意识到自己刚刚说错话了。我们才刚刚结婚，正值蜜月旅行，怎么能让这种事破坏我们的心情？我想，可能是因为去年发生的事情一直压在我心底，我说出来也是希望了解真相。

我看得出浅井先生的心情不好，虽然表现得不是很明显，但我仍不敢就这个话题继续下去。

他也没有继续解释。我们接着喝茶、吃点心，聊些其他的事情，度过了一个还算不错的下午。

天色很快就黑了下来，但还没有到旅馆的晚饭时间，于是我决定先去洗澡。

浴室里的服务员帮我擦了擦背，我洗完澡后又重新化了妆，前前后后一番折腾。虽然没有浪费时间，但也过去了半个多小时。等我回到房间时，我发现浅井先生已经不见了。

我跑到楼下问旅馆店员，才得知浅井先生似乎此前已经独自出门了。这时我还没有特别担心，只是一个多小时后，已经到了晚饭时间，浅井先生还是没有回来。

我开始有点着急，问服务员是否知道浅井先生去了哪里，服务员表示不知情。于是我又去询问前台的服务员，她也同样不知。一直到九点多，浅井先生都没有回来。

我开始有些慌乱，发动旅馆的人一起寻找。大家都知道我们是蜜月旅行，都对我刚刚新婚就失去了丈夫的这件事感到很震惊，纷纷帮忙寻找，但大家找了几个小时也没有找到。

我也跟着人一起外出寻找浅井先生。直到今天，我还记得那天晚上的情景。那时，这里还没有怎么被开发，晚上黑漆漆的一片，没有多少灯光，流水声显得更加刺耳。那天夜里，天上还下起了小雨。

我们把上游和下游都找了个遍，却始终没有找到浅井先生。旅馆老板带着我一起去报了案。

我心中一直坚信浅井先生会回来，在房间里彻夜未眠。我心中不断猜测各种可能发生的情况，寄希望于他是在散步途中遇到了某位朋友，对方将他带走留宿了。但第二天，我还是找不到他的下落，无奈之下，我只得打电话告诉东京的家人。

我父亲连忙赶了过来，浅井先生的大哥夏夫先生和松岛先生也一同前来。他们每个人都在问我知不知道浅井先生可能去哪里，但我又能说什么呢？我自己都不知道。

其实我心里隐约有感觉，一定是因为我说出了生吞鳗鱼事件，浅井先生才离家出走的。但这件事太过诡异，不方便向外人透露，所以我就一直默默压在心底。就这样，大家又找了很久，仍然没有找到浅井先生。他们都说，他可能是失足掉进河里了。

我伤心欲绝，跟着家人返回了东京。

我思来想去，觉得浅井先生可能是因为生吞鳗鱼的事情被我发现后感到惭愧，所以才独自离开的。但不管怎么说，我们毕竟刚刚结婚，就这样一走了之，着实有些令人费解。浅井先生平时乐观开朗、亲和善谈，不像是这么不负责任的人。我的亲戚和朋友也都很是疑惑，猜测着各种原因，我父亲有一次甚至还说："浅井……他有没有可能是突然发疯了？"

浅井的哥哥夏夫先生也非常担心他的下落，发动了好多人去寻找，最后却只是白费力气。刚开始的时候，我们都无法接受浅井一走了之这种结果，大家都觉得，或许过几天他就会回来，或者至少会寄封信来解释清楚。

日子一天天过去了，大家也都慢慢不再找了，似乎接受了这个现实一般。浅井先生失踪一周年时，夏夫先生怜悯我年纪轻轻就守寡，要做主解除我和浅井先生的婚姻关系。我没有答应，因为我觉得浅井先生一定还在人世，迟早有一天，我能等到他。

又过了一年，松岛先生来到我家，说他已经有浅井先生的下落了。

我连忙询问详情。据松岛先生说，他那天下午去北千住的一家寺庙参加朋友葬礼，回来的路上在一家鳗鱼店外看到有一个师傅正在杀鳗鱼，那个人正是浅井先生。虽然这个人左眼失明，但五官面相以及右耳郭的小疤痕都确确实实地证明，他就是浅井先生。松岛先生赶紧走进那家鳗鱼店，盯着那个男人的身影。

"浅井先生！"松岛先生激动地喊道。

对方愣了一下，然后说松岛先生认错人了，说完就径自离开。因为当时身边还有其他朋友在，松岛先生不便久留，就想着赶紧回来告诉我这个消息。

松岛先生跟浅井先生相识多年，他说那个鳗鱼店的师傅是浅井先生，那就一定是他了。最让我心里不安的，莫过于松岛先生遇见他的地方，竟然是一家鳗鱼店了。

虽然当时天色已经不早了，我还是告知了父母后就跟松岛先生打车奔向那个鳗鱼店。到了的时候，天色已经完全黑下来了，而浅井先生并不在鳗鱼店里。店铺老板说，松岛先生看到的那个师傅叫新吉，是店铺的新员工，才上班没几天。新吉去公共浴室洗澡了，应该很快就能回来。

于是我们只能在鳗鱼店里等着他，可是我们等了很久，却一直不见他的人影。我心里有些发慌，拜托鳗鱼店的其他店员帮忙去澡堂问问，谁知，澡堂老板却说新吉今天并没有过来洗澡。

"这个家伙一定是跑了！"松岛先生非常生气，责怪自己之前没有直接留住他。

我也哭了起来。当时的我，丝毫不怀疑那个人就是浅井先生，他一定是看到松岛先生后就决定离开的。

我努力想保持理智。在当时，找工作需要填住址，还需要有担保人，这么一来，鳗鱼店老板应该有他的这些信息。但我们仔细询问后才发现，由于此前的师傅跟老板吵了一架后不告而别，新吉是主动来应聘的，鳗鱼店老板连工资都没跟他谈就先让他试工了，因此也不知道他住在哪里。店铺老板说，新吉这个人干活很舍得卖力气，他就这么离开，也是店铺的损失。

从店铺老板这里也得不到有效信息，我只能和松岛先生一起回家。

虽然没有见到浅井先生，但不管怎么说，我总算知道他平安无恙，也算是个好消息了。

从那以后，我对这家鳗鱼店有种执念，总觉得浅井先生说不定会再回去那里，所以我就每个月都去那家店铺打探消息，可惜他并未再出现过。

半年后，浅井先生给松岛先生寄了一封信。他在信中说自己受到了鳗鱼的诅咒，让大家不要再寻找他，并让我择偶再嫁，以免被他耽误。我们试图从这封信找到他的地址，但上面并没有标注地址，邮戳也不清晰，我们只能作罢。不过，就算我们找到了寄信地址，估计他也早就搬走了吧。

让人琢磨不透的是，他信里提及的"被鳗鱼诅咒"，到底是怎么一回事？我们竟没有一人知晓。他的兄长夏夫先生仔细思考后，倒是有了一个想法。

原来，他们兄弟小时候住的家附近就有一家鳗鱼店，浅井先生小时候很喜欢去鳗鱼店玩耍。鳗鱼店门前放着一个很大的桶，里面装着鱼。他六七岁时还比较淘气，从桶里偷出一条鱼，被人发现后，他快速跑回家，在路上随手把鳗鱼扔到水沟里，销毁证据。后来，浅井先生的家长赔偿鳗鱼店老板一些钱，这件事也就此了结。

不过，夏夫先生说的这件事并无任何怪异之处，我也想不到这和"鳗鱼诅咒"有什么关联。我怀疑夏夫先生隐瞒了一些我不知道的事情，但他既然不愿意说，我也无从问起。浅井先生让我改嫁他人，我父母也不断给我介绍新的对象，只是我却完全没有这些心思。后来，我父母去世，妹妹嫁到外地，我就这样一个人过了这么些年。事情已经过去三十几年了，浅井先生一直杳无音信，也不知是否还在世。幸好我的家里还有些祖产，一个人倒也过得不错。只是每年夏天，我都要来到这里泡温泉，回想起这段往事。

什么？你问我现在还吃不吃鳗鱼？其实我以前倒真的不怎么喜欢吃鳗鱼，但后来我觉得，浅井先生说不定在某个不知名的地方，在某家不知名的鳗鱼店宰杀鳗鱼，我吃到的鳗鱼有可能出自他手，我就变得喜欢吃了。

在这些年里，我也研究过浅井先生提到的"鳗鱼诅咒"。我在心理学的书籍上见到过一种异食症，这种病症大多发生在小孩子身上，偶尔也有成年人，这种病主要症状就是患者会吃一些正常食物以外的东西，如泥土、蚯蚓等。如果这种病症在患者小的时候被人发现，很容易就能治疗好，但成年后，就比较困难。

我想，浅井先生应该是得了某种异食症，所以小时候才会偷鳗鱼店的活鱼。虽然夏夫先生说他把鱼扔到了水沟里，但那很可能只是他的一面之词。真实情况是，浅井先生当时很可能就把鳗鱼给生吞了下去。成年后，他也没能改掉这个习惯，只是一个人偷偷地吞吃，再尽量掩饰好。他对自己这种怪异的举动感到羞耻，可是却无能为力，才会在信中说自己受到了鳗鱼的诅咒。那次他和松岛先生在岸边钓鱼，偷偷生吞鳗鱼，没想到却被我无意中发现，这真的不知道是他的不幸还是我的不幸……如果我一直装作不知情，也许后来也不会有这么多事，可我又没有控制住，残忍地揭露了事实的真相。我想，他当时一定羞愧难堪吧。其实只要他跟我坦白，就不会有后面这些事了，不过他应该是不敢面对这样的自己吧。

我想，他后来去鳗鱼店工作，应该也是为了隐藏自己的异食症。为了躲避我们，他四处流浪，还弄瞎了自己的左眼，这种行为，倒真的像被鳗鱼诅咒了一般。

至于他后来为何给松岛先生寄来那封信，我就不得而知了。我不知道他的这一生是怎么过来的，想来应该是一边流浪，一边放纵自己的异食症吧！

不过，这件事里最奇怪的就是前面我讲过的那个梦。我竟然曾经梦到自己变成一条鳗鱼，还躺在砧板上任人宰割，那个持刀的独眼师傅正要刺瞎我的眼睛。如今回想起来，那个师傅穿的衣服跟浅井先生曾经出现过的那家鳗鱼店的工作服极其相似。有人说，梦有着预示的作用。如果可以，我倒希望哪天有人能帮我解解这个梦。

16

麻田的一夜

这个故事来自 A 君。

菲律宾是个千岛之国，今天要讲的这件怪谈，就发生在菲律宾一个叫梭戈的小岛上。

不知道大家有没有留意，日本最近很流行业余时间编织麻制品。这种麻并非产自日本，大部分都是从菲律宾进口的，据说但凡是菲律宾生产的麻，对外都宣称是马尼拉麻。我朋友高谷前阵子刚从东南亚回来，他出差两个多月，主要就是考察那边的麻产地。

九月底的某天下午，高谷下了大船，换小船，一路辗转来到梭戈小岛。虽然是九月，但那里还是很热。小船越靠近小岛，海水的颜色就变得更黄，据说这是因为小岛上有条很大的河，河水不断将红黑色的泥土冲进大海。

高谷这人胆子不小，想把小船滑到河口停靠，但那边水流太急，又杂草丛生，小船实在难以靠岸。没办法，他就只能坐在船上犯愁。这时，一个穿着白衬衫、戴着帽子的男人在岸边出现，一边用日语喊着"我抛过去了"，一边给他扔了一根长麻绳。男人抛了几次，高谷才顺利接到麻绳。高谷把麻绳绑在船上，那个男人在岸边用力拉着麻绳的另一端。

终于，小船成功靠岸了。男人提醒高谷注意不要让小船被湍急的水流冲走。高谷把麻绳的另一端绑在一块大树根下，才下了船上岸。

高谷仔细打量那个男人，发现他三十来岁，身材非常健壮，看上去是个外向、开朗的人。

高谷介绍了自己的身份，并表示自己来这里的目的主要是想看麻田。男人也做了自我介绍，说自己叫丸山俊吉，还说高谷来到这里就来对了，这里虽然不敢说是遍地麻田，但却也种植了不少。

丸山俊吉一边介绍，一边带高谷在岸边闲逛。他是日本人，三年前来到梭戈小岛，是岛上七十多号日本人的管家，还管理当地的土著。他带着高谷没走多远就来到一片麻田。

如芭蕉叶子一样大的麻叶随着海风四处摇摆，景色非常美丽。丸山对这里非常熟悉，还将麻田的品种和产量等详情，都一一向高谷道来。接着，他就邀请高谷去自己的住处暂作休息。

两人来到一处面积不小的房屋，屋顶是镀锌铁皮结构，其他几面则是传统的日式木板墙，房屋看起来有些破旧。丸山把高谷带进屋，地板是用水泥涂抹而成，地上铺着床品，架子上放着酒和罐头，中间有一个圆桌和几把椅子，两人就在桌旁坐了下来。

丸山高喊道："有客人来了！"

声音刚落，一个十八九岁、身材颇为健硕的小伙子就走了进来。他上身穿着一件咖啡色的衣服，下身穿一条亚麻裤子。丸山向高谷介绍，小伙子的名字叫勇造，出生于天草诸岛。他看起来像是丸山的下人，不仅热络地拿出巧克力和饼干，还帮两人泡了马尼拉茶。

丸山热情地招呼高谷："你一路上应该受了不少苦吧，这几年有不少日本人来菲律宾，但大部分都是在几个大岛上，很少有人来这里。所以一见到我，你应该会觉得非常亲切吧！"

丸山和勇造都非常好客，不仅拿出上等葡萄酒来招待他，还拿出不少肉类食物和罐头。高谷有些受之有愧，他本来打算稍留片刻就离开，两人这么热情，他倒是不好马上走了。

就这样，三人一聊就是两个多小时。

丸山说："我们这里最近发生了一件怪事，不少工人都被吓坏了，大家都没心思工作，我也跟着犯愁。"

"怎么回事，能否详细说说呢？"

"从上个月到现在，已经有五个人莫名其妙地就消失不见了。"

"怎么会有这样的事？"

"我也不知道啊，听当地人说，这种现象已经出现了好几年。以前这里还有荷兰人居住，后来他们都被这件事吓跑了。很长一段时间，这个岛都变成一个无人岛，当地的土著都搬到其他岛上定居了。我们是三年前来到这里的，刚来的时候都小心翼翼，也没遇到什么怪事，才敢放心地住在这里。土著们看我们能够平安地生活在这里，这才搬回来。但是从上个月二十五号晚上开始，就陆续有女人开始失踪。第一个人失踪五六天后，又失踪了一个人，过了几天，又连着发生了两起失踪事件。这下我们也觉得不对了，而土著们早已经无心工作。大家一开始以为失踪的人是去河边取水时不小心跌进了海里，但后来又有其他人失踪，于是人心就开始动摇了。每个人都感到很害怕，尤其那些土著，个个都很迷信。我们好说歹说，他们才勉强留下来。我也知道，他们是担心前几年的恐怖事件又会再度发生。接下来的半个月，没有再次发生失踪事件，我们本来都以为就能够这样平安无事，但谁知道六天前，一个日本人竟然也失踪了。"

高谷皱眉："那个日本同胞也是在晚上失踪的吗？"

"是啊，所有人都是在晚上失踪的。本来一开始只有土著失踪，现在竟然连日本人也跟着失踪了，这实在是让人不安。这里已经人心惶惶，每个人都在想着撤离，可我们已经在这里扎根了好几年，一切才刚有起色，实在舍不得离开。我只得不断安慰大家，最后商量出一个折中的办法——土著们白天在岛上做工，晚上去附近的其他小岛居住。我们还为他们在附近小岛新建了房子。虽然这样有点折腾，但也算是没办法中的办法了。"

高谷看着丸山一副愁容，说道："那些失踪的人就完全没有任何音信吗？"

"我们派人找了很多地方，但什么也没查到。之前我们做过许多推测，他们可能是被凶兽袭击，或者是遇到了野人什么的，但如果是这样，为什么我们连一点残留的尸体甚至一丝血迹都没有发现？这实在是太奇怪了！您交游广阔，有没有在其他地方听到过类似的事件？"

高谷道："我也觉得很奇怪，不知道这些失踪的人是自己单独一个房间居住，还是跟其他人合住的？"

"您这就问到点子上了，怪就怪在这些人都是跟人合住的。岛上条件有限，日本人是七八个人挤一个房间，土著则是二十来个人挤在一间屋子。所以说，不可能有凶兽或野人能够在完全不惊醒其他人的情况下就这么把人掳走。所以我后来推测，可能是有大猩猩在作祟。"

"你说得好像有道理。"

"您也是这么认为的吗？"

"主要是我也找不到其他合理的原因来解释了，你知道我刚才想起什么了吗？我想起以前看过的一篇柯南道尔的小说。"

"啊，那篇小说是讲什么的？"丸山和勇造都提起了精神。

"柯南道尔的小说都是虚构的，但是我记得，书里确实有一段类似的情节。书中说，在大西洋的某个小岛上，当地也经常有人失踪，也是这种尸体和血迹都找不到的奇怪情况，最后人们发现凶手原来是大猩猩。你们这里发生的事情和那篇小说的描述实在是太相似了，简直就是小说的现实版，所以我觉得，还真有可能是某个大猩猩在暗中作祟。"

"竟然真的有如此相似的情景？那大猩猩作祟，倒也不是没有可能。奇怪的是，案发时竟没有人听到一点儿声音。"

"在柯南道尔的小说里，大猩猩的力量比人大很多，所以只要往胸口轻轻一压，睡着的人就会当场死亡，然后它可以轻易地把人抱走。就算被压的人还没死，看到大猩猩突然出现在自己眼前，恐怕也会被吓得不敢发出声音。"

"我们每天都派人在住处执勤，甚至还放了几下枪，又点燃了火堆用来吓退野兽，但这些做法似乎一点用都没有，日本同胞失踪之前的那天晚上，我们还点了火堆。"

照这种说法，高谷之前的推论显然有点站不住脚。如果不是野人也不是大猩猩的话，那有没有可能是巨蛇呢？不过，再大的蛇也是怕火的；那有没有可能是鳄鱼呢？鳄鱼是两栖动物，也能爬上陆地。但岛上的土著一向很提防鳄鱼，对鳄鱼的气味非常敏感，他们坚持说一定不是鳄鱼；那有没有可能是大蜥蜴呢？但是大蜥蜴应该是不吃肉的，就算真的有吃人的蜥蜴，也不可能一点尸体残骸都没有留下来。

就这样，大家绞尽脑汁，最后只能猜测是神秘莫测的野人在搞鬼了。

不过丸山倒是不这么想，他说："我们在岛上已经几年了，没发现这里有野人的存在，当地土著也没有野人的传说。唉，这些事说起来实在是太奇怪了，我们只能让土著在附近的岛上睡觉，我和勇造两个人坚持守在这里。最近几天倒是一切正常。这段时间，我们也摸索出了'凶手'的规律，一般一个人失踪后，他会消停几天，似乎是在等我们放松警惕时再执行犯罪计划。之前我们一直没能抓到他，今晚就更要打起精神来了。"

高谷对小岛上的异常事件非常感兴趣，主动要求留下一起执勤。丸山听了很高兴，痛快地答应了，说："真的是太感谢你了，多一个人还能互相壮壮胆。希望我们今晚能抓住真正的凶手。您放心，虽然岛上条件有限，但多余的被褥我们还是有的。"

"没事，不用麻烦，反正夜里也要打起精神执勤，无须被褥了。后半夜可能会有点凉，你们给我一条毯子就行。还有就是，麻烦你们派个人跟我的船家打个招呼，省得他一直等我。"

这种小事自然没问题，丸山应下后，就让勇造去叫了一个人过来，高谷从笔记本上撕下一张纸，写下要交代给船家的话，那人接过来就自行离去了。

既然决定留宿这里，就有多余的时间好好考察一下了。高谷想去附近再仔细逛逛，丸山就带他出门。

还没到天黑的时候，小岛上的景色非常宜人，让高谷心旷神怡。戴着帽子的日本同胞和土著正在麻田里劳作，虽然离得远，看不清表情，但高谷想，他们这段时间一定深受失踪事件的折磨。

几人穿过麻田时，丸山问道："我这里还有一个疑问。"

这时，三人刚好走到河堤处，河水湍急，他们从河堤朝下看，刚好看到河水携带着红色的泥土滚滚流入大海。

丸山指着河水，接着说道："看到没有？这条河把小岛分成了两端，我们所在的这一端已经被我们完全开发，并没有发现什么怪兽。如果怪兽是生活在岛上另一端的话，必须得跨过河流才能来到我们的住处。这条河很宽，河水又湍急，要想跨过不是一件简单的事。我们之前也想过凶手可能是大猩猩、巨蛇或者其他某种不知名的凶兽，但是怎么都不能相信，它们能跨过河流来到岛的这一边。我们甚至还设想过，凶手可能是某种海兽。但是如果是海兽的话，也不应该只在我们这座岛上犯案，而附近的其他岛上都没有发生这种奇怪的事。"

高谷凝视着河水，眼神愈加变得严肃。

这种事实在太过奇怪，大家全都沉默下来，顺着河堤向上游走去。

天空开始慢慢地暗下来，河水也像要休息了一样不再那么湍急。这时，丸山开口道："上游比下游要缓得多，不知道是不是天然形成的地势造成的。"

大家顺势一看，上游的河底露出不少巨石，还有一些树根和残骸，就像一个用人工围起来的堤坝一样，竟然聚成了一个小小的湖泊，将岸上的杂草和低矮灌木天然隔开。

"因为这里河水比较轻缓，大家经常会到这里取水、洗衣服，倒也方便了人们的生活。下游的水太浑了，根本不能当生活用水。"

勇造不知道从哪儿拿出一个水桶，到河边装了一桶水。

天色开始转暗，周围也变得有点凉。

勇造看了看天上的乌云，说道："今晚说不定还会下雨，不过估计下不了多久就会转晴。"

三个人于是加快步伐准备回到住处。回到麻田时，看到工人已经完成今天的工作，排着队往港口走。

"他们这是准备要去附近的小岛休息了。"丸山对高谷说，还跟工人们打了声招呼，提醒勇造先去做晚饭。

没过多久，天上果然下起了雨。高谷在雨声的陪伴下，吃完了当天的晚饭。

小岛上的雨来得快，也特别大，雨点砸在地上的声音很大，几个人都没了继续聊天的兴致，就在屋里坐着抽烟。住处的门开着，雨点有时飘过来，浇灭蜡烛。每当这时，丸山就要起身重新取火点燃蜡烛。

来来回回反复几次后，他有点烦了，于是便不再理会蜡烛的事。屋里一下子也变得黑暗了。

勇造在铺床，丸山和高谷两个人点着火柴，靠着微光来视物。火柴灭了以后，雨还在下。

"这雨可真不小，估计还得下一会儿，要是往常估计早就停了。"丸山向高谷解释道。

高谷点燃一根火柴照亮怀表，原来已经晚上九点了。一想到此时此刻，这个岛上的其他人都已经到别的小岛住下了。整个岛上就只有这间小屋有人，而且就只有他们三个人，外面还下着大雨，高谷的情绪变得有些落寞。

突然，外面打起了雷。

"听到雷声后，雨过不了多久一般就会停了。"丸山显然对岛上的气候很熟悉。

"雨这么大，那凶手估计也不会出来了吧？"高谷问道。

"应该是的，这种鬼天气，什么怪兽也不会出来。"

雷声越来越大，丸山的脸在雷电的闪耀下变得有点恐怖。打雷后，雨又下了两个小时，然后就开始慢慢变小了，但还是有些雨水调皮地窜进屋里，高谷的鞋子被沾湿了。

雷声又变大了。

丸山突然大叫了几声："啊！勇造，你去哪儿？"

外面雷雨交加，高谷没有留意隔壁屋的动静。但早已习惯岛上天气的丸山好像听到勇造的出门声。他连着喊了勇造几次，但勇造却没有回应。

"他这是要去哪儿？在这种鬼天气，他竟然还要出门？"高谷问道。

"我看见他了。"丸山起身划了一根火柴，点燃蜡烛。

屋子里进了不少水，两人一边小心翼翼地在水中走路，一边还要留神护住蜡烛不要被浇灭。走到隔壁房间时，他们发现勇造果然真的不在了。

丸山像是想到了什么，急道："他不会是被怪兽抓走了吧？"

话音刚落，蜡烛熄灭了。高谷一下子觉得此情此景有些恐怖，他慌乱地划了火柴，四处查看之下，发现勇造果然真的不见了。

"他应该还没走远，我们出去看看。"

两人掏出手枪就追了出去。因为不知道勇造往哪个方向走了，出门后，他们都有些犹豫不知该往哪儿追。这时，一道闪电划过，借着雷电带来的光亮，好像在麻田地里看到勇造的身影。于是两人就赶紧追了过去。到麻田时，天漆黑漆黑的，什么也看不见。于是两人就又往河堤走去，一边走一边大声地喊着勇造的名字。

又一个大雷电闪过，这次，借着雷电的光亮，他们看到一个像是勇造的人正在从河堤往河里走。

两人赶紧追了过去。情急之下，他们还各自跌了一跤，幸好旁边杂草丛生，他们抓了一把杂草，才没有被冲进河里。

但是勇造已经走得没影了，他们喊了很多声，也不见有人回应。

半个小时后，雨终于停了。他们继续寻找，但始终无果，最后筋疲力尽，只能先返回住处。

第二天，工人们从附近小岛赶过来开工，听说勇造失踪后，每个人都很不安，面色苍白。大家分头去寻找勇造，但在那天下午高谷离开之前，还一直没有找到人。

高谷离开之前，丸山说道："看来这个岛是真的要废弃了，工人们听说勇造失踪后，全部都不敢再在这里上班了，看来我也得跟着离开了。不过昨天我们也算是稍微有了点收获，至少我们之前猜测的大猩猩、巨蛇、野人什么的应该都错了。你看，昨天我们什么奇怪的身影都没看见，对方就跟隐身人一样，肉眼根本看不见，悄悄地先把人带走，然后再推到河里。"

"我也认同你的说法。不过不管怎么样，这里都已经不安全了，你还是先离开吧。"高谷提醒丸山。

"是啊，没办法啊，谢谢您，一路上您也多加小心。"

"彼此彼此，多多保重。"

丸山和工人们一起为高谷送行，直到送他上了小船。高谷后来乘小船换了大船离开。

跟大家分享完这段神奇的经历后，高谷又补充道："我回到大船上时，曾经跟船家和其他乘客讲过这件事，大家都觉得非常不可思议。不过，船上的医生倒是给了我一个新的思路。他说，世界上根本不可能存在会隐身的怪物，失踪的人应该是患了某种奇怪的病。他知道有一种湿热病的发病症状就跟岛上发生的事情很相近。岛上那条河流的上游被灌木和杂草、树根围成了一个天然的小湖泊，那里河流平缓，当地人总去那里取水喝。很有可能，那里的水带有某种细菌，能够引发疟疾。热带易滋生蚊虫，当地人也有可能是被蚊虫携带的病毒感染。患上这种怪病的人，大脑会突然失常，他们应该是自己投河自尽的。这种怪病如果真的存在，那这件事也是说得通的，唯一奇怪的是，为什么这些发病的人无一例外，全都会选择投河的方式来自尽。也正是因为一直没想通这一点，所以我一直觉得，那河里说不定真的藏着什么妖魔鬼怪。对此，医生对此倒有自己的一番解释。他认为，发病的时候，人就像发了高烧一样，体温上升，只想去凉快的地方缓解痛苦，所以才会选择投河。我对这种说法不置可否，毕竟我只在小岛的麻田过了一夜，事实的真相到底如何，并不清楚。但这段经历太过奇怪，如果真的是像柯南道尔小说里写的那样是大猩猩在作祟，我们带着枪，倒是不会惧怕。要是真的存在某种会隐身的怪物，或者是某种怪病在作祟，却着实让我觉得有些可怕。那座岛现在还存在，对这个故事感兴趣又有冒险精神的人，有朝一日倒是可以去探险一番，说不定能解开这个谜底呢。"

17

寄生虫

这个故事来自T君。

T君说："这个故事我是从我朋友深田君那里听来的，他当时可被吓坏了。据他说，那天晚上他带着一个乡下亲戚家的孩子前往东京，在向岛的一家旅馆休息，两人在旅馆的房间里吃着土豆和蛤蜊汤——当然，这只是他的一面之词。毕竟那名乡下来的女孩已经二十岁了，长相还颇为貌美，为什么两人出现在那家旅馆，我们就不详细考究了，大家都理解的。"

那时刚到九月，白天还很炎热，到了傍晚天气开始转凉，深田一边吃着晚餐，一边吹着小风，一边听着走廊里传过来的纺织娘的叫声。他和亲戚家的孩子因为事情产生了一些争执，就一个人走到院子里散步。

那家旅馆很安静，院子里竟然只有深田一人。他看着远处的景色，哼着小曲，在院子里走来走去，却突然听到耳边传来一个女人"啊"的一声，吓了他一跳。

他连忙停下脚步，以为是亲戚家的孩子绕到前方特意捉弄他。但他发现，原来前方是另一个女人。这个女人年纪大概也是二十出头，头发松松地绑起来，穿着颜色鲜艳的衣服，从打扮上看，不像是什么正经人家的小姐。

那名女子之所以大叫，也是被深田吓的。两人发现原来是误会后，女子就连忙向深田道歉。

"啊，真是不好意思，刚刚失礼了。"

"没有，理解理解，您不用客气。"

深田仔细看了眼那名女子，发现她皮肤白皙、脸蛋娇小，眼睫毛上似乎沾着些泪珠。显然，刚刚这名女子应该是一个人在院子深处偷哭。

他打个岔，说道："今天的月亮可真美啊。"

"是啊。"女人的声音还带着一些哭腔。

深田按捺不住自己的好奇心，问道："你一个人来的吗？"

"是的。"

"真的一个人吗？"深田又重复了一遍。

"是啊。"

"你是本地人吗？"

"不是。"

一个年轻姑娘，长得还不错，孤身一人来到这里哭泣，这件事怎么说起来都有点奇怪。虽然对方看起来不太像正经人家的姑娘，但深田还是无法抑制自己的好奇心。

于是，他对那名女子发出了邀请，还说："你要不要到我房间来休息一下，我亲戚家的女儿跟你年纪差不多大，你们两个应该会聊得来的。"

"谢谢，不用了。"

深田又停留了片刻，只得一个人返回房间。他走了一段路后回头，发现那名女子又依靠着树枝哭了起来。

深田的怜香惜玉之心上来了，返回去问道："你到底遇到了什么事，所以心情不好吗？能跟我说说吗？"

女子不说话，继续哭泣。

"我知道这样可能有点冒昧，毕竟你我也是刚刚相识。但是你到底为什么来这里，又发生了什么事，为什么哭得这么伤心？不妨告诉我，这样我才能帮你呀！"

就这样，经过深田多次催问后，女子终于开口了。

原来这名女子名叫好子，而且她还真是从事特殊职业的——她在上州前桥做艺伎。她有个情郎，名字叫上原，是贩售三弦乐器的商人。两个人昨天傍晚到了东京，昨晚住在上野的一家旅馆，今天到向岛游玩，然后入住了现在的酒店。两个人吃完饭、洗过澡之后，上原就独自出门说要散步，于是好子就一个人留在这里等他。然而一直等到大晚上，好子也没等来上原的人影。好子觉得上原肯定是要抛弃她，加之旅馆的钱还没有付，自己身上一点钱没有，又人生地不熟的，无可奈何之下，好子甚至都想到了要跳河自尽。刚刚，她正是为了这些事情在院子里哭泣。

"上原几点出的门？"深田问道。

"五点。"

深田觉得，好子可能是有点过度紧张，现在才八点，上原只离开了三个小时，好子竟然就觉得别人要抛弃她。男人外出一走就是两三个小时，这都是很平常的事。

但是当他这样跟好子说时，好子却表示自己无法接受。她坚持表示，上原一定是要抛弃她。深田只能把好子带回房间，让年龄相近的亲戚家女儿好好劝劝她。

两人一番劝慰后才得知，原来好子的情郎上原是个有家室的人，而且是被家里收养来的，还要伺候养父养母。这种身份的人，竟然和艺伎有了私情，这实在是说不过去。上原也知道自己的情况，身上带了一点钱，带着好子来到东京，两个人决定先好好游玩，钱花光了就一起殉情。所以，好子才坚持认为上原一定是后悔了，才会抛下自己，一走了之。

在人生地不熟的东京，约好跟自己一起殉情的情郎突然不知所终，这种情况确实特殊，也难怪她会那么偏执。

深田很同情好子。但是如果上原是临时有事，其实并没有反悔，那么最后的结果便是好子将和他一起殉情而死。如果上原是个心口不一的男人，那么好子被人欺骗，肯定会非常伤心。

无端地让一个女人陷入了这种两难境地，深田都不知道这个上原到底是一个什么样的人了。不过，好子毕竟还那么年轻，一定不能就这么死了。如果上原回来，自己就大骂他一顿。如果上原跑了，自己就出资，送好子回到老家。

深田一边安慰着好子，一边胡思乱想，过了一个多小时。

忽然，院子里传出旅馆店员的声音："奇怪，她之前明明在这里的呀！"

"你确定吗？"一个年轻男子的声音传来。

深田推测这名男子就是上原，但好子此时却不愿出门见上原。

然而，院子里上原和店员的交谈声仍不断传来。深田没有办法，只能大声冲院子喊了一句："你要找的那个女人在这儿！"

上原立刻跑进房间。他身材很瘦，脸色不太好，看上去像患有某种疾病。他跟深田致谢，正想带着好子离去时，好子却扑上他的身子，抓着他的手臂开始大骂道："你这个负心汉……"

好子的情绪太过激动，看上去已经不太像正常人了。上原只能不断安慰，在两人纠缠的过程中，好子的发箍已经散开，脸上则是涕泪交加，大吵大闹的她看起来真的像一个疯子。

深田一行人一起连哄带劝地，总算把二人送出房间。

上原不断向二人致谢。

亲戚问道："好子不会是被这件事刺激得疯了吧？"

"是有点吓人啊！"

"上原不是都回来了吗？他们应该没事了吧？"

"但愿吧，不过你们女人偶尔都会这样歇斯底里吧！"深田笑着说道。

深田此前本来打算等上原回来后就责骂他一顿，但刚才这一出闹剧结束后，他觉得还是让上原找时间好好跟好子谈谈心吧。希望她能稳定下来，不那么激动。毕竟是别人家的事，深田不想辜负今天的月色，就对着月色小酌几杯。

亲戚家的孩子一边给他倒酒，一边说道："你们男人都不是好东西，你以后要是学上原那样，我也大吵大闹！"

深田和亲戚此前本来有些小争执，但在上原和好子的事情过后，两人之间的事反倒成了小事。所以深田美美地喝了一顿后，就醉倒在床上酣睡。

"出事了，快醒醒！"亲戚摇醒了深田。

这时已经是夜里一点多了。

"你知道吗，刚才那人死了！"

"谁？上原还是好子？"深田吓得马上清醒。

"听说是上原，刚才警官都来了。"

深田赶紧从床上坐起，穿上衣服去上原的房间打探情况。只见房间里有几个佩着剑的警官在勘查现场。深田仔细看了下，好子正呆愣着坐在房间的床上，头发凌乱，脸色苍白。

旅馆的服务员都聚集在走廊一角，正指指点点地说着什么。深田走过去，找到负责招待自己的那名服务员，想打听一下情况。据说，大概一个小时前，上原和好子的房间传来一声大叫，值班的服务员走过去，看到上原从床上滚了下来，当场死亡，而好子就一直坐在床上发呆。

另一边，警官也在审问好子。好子说，回房后，她和上原睡不着，就一直坐在床上聊天。说着说着，上原就突然掉下床死了。

这种说法显然是不能让警官信服的，因为警官还在想办法从其他角度审问好子。

一名警官走到深田面前，让他也一起配合审问。深田随警官走到院子里，找到一处地方，两人一起停了下来。

月色很美，雾水已经沾染上衣袖，但深田和警官谁都没有心思关注这些。

深田是和亲戚一起来的，中间有些男女私情，但面对审问，他只能把一切都如实交代，包括今天跟好子、上原的相遇。他还告诉警官，两人准备殉情。深田从警官那里了解到，上原身上并没有高血压、脑出血、心脏病等病症发作的痕迹，他的死因是窒息，因为他的尸体喉咙处有指甲的挠痕，但好子却坚持不认罪。

警官询问深田，有没有觉得好子精神不太正常。深田就把好子之前歇斯底里的疯狂表现说了出来。于是，警官和深田都一起沉默起来。

深田想，好子的嫌疑实在是太大了。她怨恨上原抛弃她，情急之下用手掐死他，而那些喉咙上的指甲挠痕就是最好的证据。加上她之前又有发疯的迹象，所以，这件事八成就是她干的。

但他还是想再为好子做点事情，便询问警官，房间内是否有丢什么东西——他是想引导警官怀疑第三方。不过很遗憾，好子和上原带的东西本来就不多，什么也没丢。

于是，深田只能跟着那位警官又回到好子的房间。

另一位警官正在对好子进行审问，但显然是没有收获任何有价值的信息。带深田过来的警官介绍了深田的身份，拉着他对好子说道："你准备什么时候才招呢？你昨天当着这个男人（指深田）的面和上原大吵大闹，还拳打脚踢的，他都看见了。"

好子哭着说："那是我以为他抛弃我了。"

警官继续推测道："所以，回到房间后，你继续跟他闹脾气，然后在打闹中误杀了他，是这样吗？"

"没有。"好子坚持否定。

"当时房间里只有你们两个人，不是你杀的他是谁杀的，你不要不承认！"

"真的不是我！"

警官让深田跟着一起帮忙审问。深田虽然觉得无奈，但眼下这种情况嫌疑最大的就是好子。于是他试图宽慰好子道："好子，我知道你是个好姑娘，但上原突然死去真的是太让人悲伤了。你能好好跟我说说这到底是怎么回事吗，还有他喉咙上的挠痕，你能解释一下吗？房间里只有你们两个人，你又是唯一了解情况的人，我希望你帮帮警官。"

好子又哭着说不知道，也不知道她是因为上原的死而伤心，还是为自己杀死上原而后悔。

"我知道，就算是你杀的，也肯定是误杀的，你本意是不想杀他的。警察了解这一点，到时候会为你争取轻判的，你是不是一时失手，能具体说说吗？"

深田又努力劝道，但不管深田怎么说，好子都是一味哭泣，弄得大家都没办法。

正当警官决定带她回警察局慢慢审问的时候，好子又突然大吼大叫了起来："凭什么你们都说是我杀了上原？我真的没有！为什么你们都不相信我！上原啊，我恨不得你马上醒过来，只有你醒过来，才能告诉他们是谁杀害的你！我恨你之前抛弃我，但为什么你死了都要带给我这么大的伤害？"

好子大吼大叫了一番，最后还是被警官带到了警察局。深田有些自责，他想，要不是自己今晚喝醉了，说不定就能阻止这件事的发生，上原也就不会死了，好子也不用遭受审问和刑罚。这一切都怪自己啊！

深田不断地自责，身子像没有灵魂一般僵硬地从床上起身，却无意间被榻榻米绊了一下。没想到，他竟然踩到一个像蛇一样会动的东西！

今夜死了人，他本来就有些紧张，这下更是吓了他一大跳。定下心神后，深田仔细看了下，发现那是一条像蚯蚓一样的蛔虫，那条虫子已经死了，但身子足有一尺多长。

上原的尸体已经被警官带回警局，估计大家都忽略了，原来他的尸体下竟然有这么恶心的虫子。

深田小时候也见过蛔虫，还为此遭了一番苦头，所以不但一眼就认出了蛔虫，还对这种虫子的习性有些了解。上原本来就一副病恹恹的样子，现在想来，这条蛔虫很有可能就是他肚子里的寄生虫。

深田用手帕包起蛔虫，赶去警局汇报这一新情况。

深田说道："这个故事到这里就结束了，没想到一只死去的蛔虫竟成了证据，后来好子被无罪释放。"

"上原难道真的是被蛔虫杀死的吗？"

"没错，其实这种事我也经历过。众所周知，蛔虫可以从肛门或喉咙钻进人的身体里。上原的情况比较严重，而且还因此而死——蛔虫钻进了他的肺部，这才导致他窒息而死。法医官后来解剖了上原的尸体，在他的肺部找到了一只蛔虫。事情的真相也就此揭开。不过，这种情况确实比较少见。至于上原喉咙上的挠痕，很有可能是之前好子跟他争吵时留下的，也可能是他自己被寄生虫侵犯内脏，身体太过痛苦，所以无意间挠出的。但是无论如何，这都不影响他真正的死因。俗话说得好，天有不测风云。上原应该自己都没有想到会轻易地这样死去吧！"深田哀叹道。

18

慈悲心鸟

"有快信到！"

坐在门口的寄宿学生喊了一声，然后把快信交给了青蛙堂主人。青蛙堂主人拆开快信，里面有一封短信和一份写满字的纸稿。

他匆匆读完短信，对众人说："不知道大家对T君还有印象吗？他在上一期的怪谈座谈会上分享了《木曾的旅人》的故事，今天这期的侦探座谈会我本来也邀请了他，他也非常感兴趣，并承诺会到场。我刚刚还在想他怎么还没到，没想到这么快就收到了他的快信。他不知因为何事耽搁了，今晚不能到场，但是委托我将这份纸稿上的故事讲给大家听。他费尽心思把故事写了下来，还专程派人送信过来，心意可嘉，就让我们一起来听听这个来自他的故事吧。"

众人捧场地鼓起了掌。

青蛙堂主人继续讲道："T君在信里是从第一人称的角度来写的，

接下来我也用第一人称来讲述吧，故事里的第一人称指的是 T 君。"

某年六月，大雨倾盆，我看着院里青黑色的大芭蕉扇叶，扭头对森君说道："外面雨这么大，你还出门干什么？"

森君抽着烟，带着笑意回道："这点雨不碍事的，只要我想出门，哪管它什么天气！"

我看了一眼他书桌旁的小行李箱。森君是个旅游达人，只要他有时间，就一定会出去旅游，甚至一走就是两三个月。外面这点雨，在他看来估计是小意思了。

于是我问道："你是现在就出发吗？去哪儿玩呀？"

"哎呀！有段时间没出去旅行了，这次准备去猪苗代至会津沿线转转，路过宇都宫时，我再去找当地的朋友见个面……"

"这次会顺便去日光吗？"我顺嘴接过话茬，没想到这句话似乎触到了森君的某个死穴。

他说："我上次去日光都是十几年前的事儿了，估计这辈子也不会再去了吧！"

"啊？怎么这么说？我觉得日光那边的景色好像还可以呀……"

"我知道那边风景很美，尤其是秋天枫叶红了的时候。但是一想到要去日光，我就比较惆怅。"

"是因为你之前在日光发生了什么事吗？"

"确实是有一番不一样的遭遇。"森君表情落寞地看着屋里暗淡的灯。

"到底是怎么一回事，能详细说说吗？"看他这副表情，我更感到好奇了。

"其实吧……"森君刚开了个头，就赶紧掏出怀表看了下时间，"居然已经到这个点了，我得在半个小时内赶到上野。"

"你先跟我说说呗，去上野又不着急，大不了就搭下一班车嘛。"

森君没有回话，起身在书架上乱翻一通，然后扔给我一个泛黄的旧日记本。

"你翻到八月的日记自己看吧，我这边赶着出门，抱歉。"

说完，森君就带着行李箱独自出门赶路。森君三十多了还是单身一人，家里只有一个年老的女佣和一个寄宿的学生，平时他也不去上班，偶尔靠赚点稿费谋生。我跟他做了多年朋友，但君子之交淡如水，他又习惯独来独往，所以我也没有专门送他出门。

他离开后，女佣和寄宿学生正凑在一起谈话。我翻开了那本日记本，找到八月的部分。

灯光有点暗淡，我特地换到了森君的书桌前坐着。刚准备仔细翻看，寄宿学生从玄关处探了个头向里看。

"森君已经出门了吗？"

"是的，老师已经走了。"

"我还要在这里再待一会儿。"

"您慢慢来，不着急。"说完，他就离开了，留我独自一人翻看森君的日记。

日记的扉页上写着：明治×年——距今已经有十二三年了。八月前三天的日记都很平常，只记录了一些日常：森君七月底到了日光，找了一家旅馆就在二楼的房间里住了下来。那时，森君应该还在私立大学读书。我脑海中不禁回想起了森君年轻时的样子。

真正的故事从八月四号开始。


四号　晴

今天早上，我七点钟起床，出去散步时，我路过了六兵卫老伯的木手工艺品店铺，看到阿冬在打扫店铺，六兵卫老伯也在店里忙活着。小鸟在鸟笼里叽叽喳喳地叫着，阿冬今天看上去整个人状态都不太好，让人有点心疼。


我跟森君认识多年，但却从未听他提过六兵卫老伯和阿冬，直到我继续看了后面的日记，才知道阿冬是六兵卫老伯的独女，而且年轻貌美。森君每天都路过六兵卫的店铺，跟两人有点熟稔。

五号 晴，凉爽宜人

　　阿冬似乎并没有生病，不知道是有什么烦心事。之前我留意到，在我旁边那家大旅馆住了一位二十六七岁的年轻人，名叫矶贝满彦。据说他家里是在东京开公司做生意的。他每天早上和傍晚都到六兵卫店铺跟阿冬谈笑风生，两人看上去很是亲密。也不知道阿冬的心事是不是跟他有关。

　　傍晚六点散步时，我在六兵卫店铺门口坐了会儿，正好看到旁边旅馆的年轻小伙子带着艺伎小千经过，阿冬一直用眼神盯着两人，直到再也看不见他们的身影。

　　今天，我已经知道了阿冬的心事。

　　旁观者清。森君这么关注阿冬，他对她的感情应该已经超过了普通朋友。森君应该是一直以旁观者的身份在暗处偷偷观察阿冬和满彦两人的交往的吧。

　　八月六号和七号一直下大暴雨，森君一直待在旅馆没出门，日记里自然也就没再出现任何关于阿冬和满彦的文字。

八号　晴，有阵雨

　　今天早上依然是七点起床。早上天气晴朗，我吃过早饭就出门散步。走到六兵卫店铺时，却没看到阿冬，只有六兵卫老伯一个人无所事事地守着店铺。我跟他打了声招呼，他却没理会我。中午吃饭时，旅馆的女服务员说起了阿冬的八卦。她昨天傍晚冒着大雨离开家，到现在都没回来。我忍不住问，阿冬是不是去找男朋友了。女服务员说，阿冬性格保守，大家也没听过她跟哪个男人相处暧昧，谁都不知道她昨天出门去找谁了。

　　今天傍晚开始雷雨交加，雨下个不停，一直到天黑才变得稍微小了点。我八点多依旧出门去散步，还特意到六兵卫店铺转了下，还是没有看见阿冬，只有六兵卫老伯一个人扇着扇子发着呆。

九号　晴

　　今天我莫名起得很早，居然还真的从女服务员那里得知了阿冬的消息。原来，昨晚十一点，阿冬一个人回家了。回家时，她的整个人状态不太好，头发凌乱，鞋子也不知道丢到哪里去了。邻居们都说她是被山里的天狗掳走了。

　　我自然是不太相信这种天狗掳人的说法，于是吃过早饭后就赶紧去了六兵卫的店铺。阿冬一脸惨白地坐在那里看着店。我跟她打招呼说了几句话，她也像听不见似的。店里只有她一个人，六兵卫老伯也不在。我只得再找了个话茬，因为我发现平时六兵卫老伯经常摆弄的鸟笼和鸟都不见了。可阿冬弱弱地告诉我，六兵卫在里屋休息，鸟都被放生了。

　　把养了一段时间的鸟突然放生，这件事不管怎么听都很奇怪。我看阿冬的状态也问不出什么，就告辞离开。中午我再次出门散步时，发现天气比平时热多了。我溜达到大谷川河畔后就返回旅馆。

　　经过六兵卫店铺时，我看见满彦正坐在店里笑着和阿冬说话。阿冬的脸色比之前还苍白了许多，看上去简直像个女鬼。回到房间后，我刚好收到宇都宫田岛的邀请信，他想让我今晚过去他家住一晚，于是我准备立刻出发。


田岛先生我倒有些了解，他跟森君关系一直不错，在宇都宫的一家报社做记者。森君在八月九号下午就坐火车去拜访田岛先生，并在日记里记载了留宿田岛家时的细节。因为这些跟这个故事无关，所以我在此就不再赘述。总之，森君本来只想留住一晚，却被热情的田岛先生留住硬是多住了一晚。

八月十一号，最怪异的这部分故事就从这里开始。


十一号　阴

昨天晚上，我和田岛先生几乎下了一整夜的棋。我也不知道自己什么时候入睡的，一直到今天上午十点，我才被田岛夫人叫醒。田岛先生已经去上班了，我留在田岛家吃饭。巧合的是，田岛先生突然回家了，还说要被派去日光出差，正好跟我一起走，于是我就匆匆忙忙地收拾了行李。我们两个人一路上紧赶慢赶，差一点就赶不上火车。

在火车上，我们遇见一个比我们早上车的乘客，跟他聊了会儿。他三十来岁，个子不高，戴着一顶鸭舌帽，他主动开启了这次谈话。

"您也是去出差吗？"

"是的。您应该也是去忙公事吧？"

两个人就这样你一句我一句地聊了起来。而我没想到的是，我竟然会从他的口中得知满彦去世的消息。

他死于昨晚八点到今天凌晨四点之间。被人发现时，他瘫倒在地，身上并没有外伤，也没看到什么反抗的痕迹。看上去，他像是被人用双手掐住脖子而死。他身上穿着铭仙绸的上衣和罗纱外套，一只手还拿着手杖。不知道他在临死前发生了什么样的事情，竟然都没有挥动手杖来自救。戴鸭舌帽的矮个男子似乎还知道一些内幕消息，据他说，凶手似乎并不图财，因为满彦的钱包被撕破扔在地上，但里面的现金仍在，金表也已经被摔坏。而我事后才了解到，矮个男子是宇都宫的警察，名叫折井。

我们下午到日光时，警察已经勘查完了现场，满彦的尸体暂被送回旅馆。我与田岛先生和折井警官分开，回到了自己的房间。旅馆里也人心涌动，大家都在讨论满彦的案子。

日光的天气越来越热了，田岛现在下午两点前来拜访，他要和折井警官一起去重看现场，问我有没有兴趣。我本身就对满彦的案子很好奇，有这样的机会，自然就不会放过。于是我就和田岛先生一起出门。与折井警官会合后，我们三人走了一会儿就来到了满彦去世的河畔。我往常散步时也经常会经过这里，但我今天却没有平时的心情去欣赏四周的景色，反而觉得连流水声都变得吓人，连地面也在颤抖。如果这里有土地神，那么满彦的死因就可以马上大白于天下了。

我情绪低落，一个人站着没动，而折井和田岛四处打探。

田岛先生从地上捡起一个珐琅盒子，递给了折井先生。折井用鼻子使劲儿闻了闻，又晃了晃盒子。可目前并没什么新的发现，他只好又去探勘草丛。

可是这次有了新的发现，折井从草丛里找到一只死掉的小鸟。小鸟的尸体呈灰黑色，看得出是一只雏鸟。田岛觉得是杜鹃鸟，但折井不置可否。折井把死鸟和珐琅盒子一起收好，两个人就此结束了探勘。

在返程路上，折井问我："你之前说你在这里住了好几天，知不知道这附近有没有哪家木工艺品店铺，而且店家喜欢养鸟？"

"有的，阿冬家。"

"阿冬是个什么样的人？"

我把我知道的关于阿冬的信息都告诉了他们俩。当然，我其实不认为阿冬会和满彦的死有关。不管怎么说，阿冬只是一个年轻女孩，没那么大力气徒手杀死一个年轻小伙子。不过因为某些特殊原因，我还是有些私心，并没有把阿冬之前离家出走一事告知他们。

折井一个人先行告辞，田岛先生跟我一起回旅馆的房间写稿。今天天气实在太热，即使什么都不做，汗水也一直往下淌，所以田岛写完稿就告辞回家了。在车站送别时，田岛提醒我，说折井警官应该是觉得阿冬跟案件有关，让我也多多留意，有什么风吹草动及时通知他。

说实话，听他这么说，我心里多少有些不舒服。

从车站回来的路上，我又遇见了折井，他行色匆匆，大汗直流。片刻后，天空下起了一阵雷阵雨，仿佛是为了让折井先生凉快一些似的。

十二号　晴

今天有微风，还算凉爽。昨晚我心事较多，今早四点多就醒来了。等了很久，服务员才送来早饭。吃过饭后，我照例外出散步。

来到六兵卫的店铺前时，我发现店里只有阿冬。我再次询问六兵卫老伯的去向，可阿冬只说他不太舒服，在里屋休息。阿冬的脸色依旧苍白，我想了想，还是没忍住，开口道："之前有警察联系过你吗？"阿冬说："没有。"于是我稍稍放下了心。

回旅馆时，艺伎小千在旅馆大门口坐着和里面的老板娘说话。我顺势挨着她身边坐下，跟她聊着满彦的案子。

满彦家境富裕，年轻风流，平时对小千也很是大方。因着这层特殊关系，小千昨晚也被警察询问了好久。但当时小千正在其他地方演出，有充足的不在场证据。我偷偷打听满彦和阿冬的事，但她对此竟一无所知。

下午一点，田岛先生又来拜访。

满彦家境富裕，所以这个案子也很受媒体的关注，已经有好几个记者从东京赶了过来。田岛先生自然也是过来寻求更多案件细节的。他随便吃了点饭，就离开旅馆去调研。傍晚时分，田岛先生才回来。聊过之后，我才知道现在警方有三种推测：第一，仇杀。满彦的父亲现在投资实业，但起家阶段时，他从事过借贷生意，也结下了不少仇家。所以，警方推测，有可能凶手是当时结下的仇家，从东京跟踪满彦到日光，伺机杀害他。第二，情杀。艺伎小千有一个情夫，有可能出自嫉妒或是为了钱财，这个人与小千一起谋杀了满彦。第三，虽说不清原因，但折井倾向于满彦是被阿冬的父亲六兵卫老伯杀死的。田岛先生认为，第三个推论最没有事实依据，我个人也表示赞同。

我们又专门讨论了情杀。如果是为了钱财，那凶手没理由杀死满彦后不拿走钱包和金表。艺伎小千似乎对此毫不知情，如果完全是情夫个人所为，那倒也不是完全没可能。从逻辑上来看，第一种的可能性最大，不过我们都不了解满彦父子，也没法做更多推测。

这段时间以来，来日光避暑的东京游客越来越多，这些都在无形中为案件的调查增加了难度。

田岛先生吃完晚饭又出门去做调研。我在二楼的房间里，透过窗户望向对面的大山发呆。没过一会儿，田岛先生就回到了旅馆，还告诉我，折井刚刚逮捕了六兵卫老伯。我听到后很生气，忙问田岛折井凭什么逮捕人。田岛说，之所以这样，跟昨天在案发现场捡到的那个珐琅盒子有关。这个盒子一晃就能晃出残留的木屑，所以折井推断，凶手一定跟木工艺品有关。但是在日光又不只有六兵卫一个木工师傅，不知道是不是那只死去的小鸟让他认定凶手就是六兵卫。

案子有了这么大突破，田岛先生自然是留在旅馆里赶稿。我心里的疑问实在太多，想到六兵卫店铺再看看情况。到店铺时，大概晚上八点多。店里似乎没人，我叫了几声也没人应。

于是，我向旁边的邻居打探，邻居告知，阿冬刚才出门了。我在那里等了一会儿，突然想到了一种可能，就立刻赶去满彦去世的河畔。


森君在日记里详细记录了案子后来的发展，但是某些细节我就不在此详述，直接告诉大家故事的后半段吧。森君走到河畔，在那里见到了正准备投河自尽的阿冬，连忙拦下。阿冬一开始只是一个劲儿地哭，在森君的多番劝慰下，才吐露出了事实真相。

阿冬父亲六兵卫一向喜欢养鸟。去年，满彦在日光避暑旅游时与六兵卫结识，两人颇为谈得来，满彦也经常到店里找六兵卫。一次聊天时，六兵卫夸口说自己极其擅长养鸟，经自己手的鸟就没有养不活的。不知道满彦是不是看不惯六兵卫自夸的样子，还是本来心里就存着其他想法，几天后，满彦拿出一只灰黑色的蛋，交由六兵卫孵化。六兵卫没有见过这种蛋，问过满彦后他才知道，这是慈悲心鸟蛋。

作为一个富家子弟，满彦一向喜欢各种稀奇古怪的玩意儿，日光的慈悲心鸟就是其中之一。这种鸟很难被人抓到，大部分人都是只听过它的叫声，没有见过它的样子。满彦非常想养一只慈悲心鸟，之前曾托人四处捕捉慈悲心鸟无果，就花钱买来一只据说是慈悲心鸟蛋的灰黑色蛋。但是他不知道该怎么孵化，就来拜托六兵卫。

六兵卫这时候也觉得自己之前的话说得有点太过，谁都没孵化过慈悲心鸟，他自然也不会。但是这么一激，他的斗志被激发出来，就满口答应了满彦。如果他帮满彦孵化出慈悲心鸟，满彦会支付两百元钱作为孵化的报酬。

慈悲心鸟这种有灵性的鸟在当时是很受人们敬畏的，很少有人胆敢捕捉或者孵化。家人都劝六兵卫放弃这件事，但谁也说服不了他。六兵卫用尽办法，最终还真的孵化出了一只小鸟，只可惜没活几天就死了。

六兵卫大失所望。他的妻子本来就常年卧病在床，一直为这件事提心吊胆，原本虚弱的身体变得更加不堪，终于在今年三月不幸去世了。之前从满彦那里拿来的两百元钱主要都用来给她治病，六兵卫倒没在自己身上花上一分钱。慈悲心鸟死去的事情，他也一直没敢告诉满彦。

等到今年夏天，满彦来到日光，也知道了这件事，还对六兵卫大加责骂，并让他退还那两百元钱。六兵卫没钱可还，只得允诺满彦，会再为他找来一个慈悲心鸟蛋。

可是六兵卫去大山里搜寻很久也没找到慈悲心鸟蛋，就只能冒险用杜鹃鸟蛋来代替。阿冬知道事情的真相，自然也就非常担心。后来，杜鹃鸟蛋如期孵化出了一只小鸟，满彦很高兴，被蒙在鼓里的他拿着小鸟在旅馆到处显摆，得知那根本不是慈悲心鸟后，他自然大发雷霆。八月七号，满彦拎着鸟笼到店里质问六兵卫，并声称要报警。

阿冬担心六兵卫会坐牢，就跑过去跟满彦道歉，请求他放过父亲。满彦顺势把她带到住处，让她以身相许，偿还父债。这也就是那个下大雨的夜晚，阿冬离家未归的缘由。

第二天天黑，阿冬趁满彦喝醉酒，才独自跑回家。六兵卫知道阿冬被满彦欺负，非常愤慨。他无心看店，躺在床上发出痛苦的嘶吼。而阿冬则终日坐在店里，魂不守舍。

一切皆因鸟而起，六兵卫自然非常憎恨鸟，一气之下就把店里所有鸟都放走了，只剩那第二颗蛋孵出的杜鹃鸟留着不走。八月九号中午，满彦来到店里，还威胁阿冬，让她干脆嫁给自己做小妾。阿冬自然不肯答应，六兵卫更加愤怒。

八月十号晚上八点，六兵卫看到满彦经过，就拎着杜鹃鸟尾随。两个小时后，六兵卫回到店里。第二天清晨，满彦的尸体被人发现。

"八号晚上，我要是直接自杀就好了！就不会发生后面的事了！"阿冬边哭边说，她担心父亲的罪行，也担心自己失贞一事会惹人非议。她下定决心，如果父亲被警察抓起来，她就投河自尽。

森君非常心疼阿冬，只得不断安慰。他把阿冬带回店铺，但如今阿冬家中只有一人，森君担心她又去自杀，就直接把她带回旅馆。

十三号早上，田岛先生离开日光返家。一直到八月十九号，日记都非常简短，而且似乎有过删减。八月二十号开始，日记又有了变化。


二十号　晴

　　早上刮起一阵大风，秋天真的到了。下午一点左右，六兵卫老伯从宇都宫警察局回来，众人都感到很意外，问他是怎么被释放的。他只是说警察已经查清自己不是凶手，但除此之外什么都没透露。我陪阿冬一起回家，一些邻居也自发前去探望，毕竟被释放是件喜事。晚上七点，阿冬来旅馆拜访，跟我聊了两个小时后离开。她离去时，夜色已凉。我寄信给东京的亲友，告诉他，我还会在日光多停留一段时间。

二十一号和二十二号的日记都只讲述了森君跟阿冬的一些往来，并没有什么特别的。二十三号的日记写到折井警官返回日光逮捕艺伎小千，但逮捕理由是她私自藏下了满彦的金钱。二十四号无事发生。

二十五号　阴转多雨

今天田岛先生到访，告知谋害满彦的凶手昨晚在日光被折井警官抓捕，凶手是鹿沼町的某个工人小牧。但这人并不是小千的情夫，而是情夫的朋友。小牧本来生活在京都，家境富裕，但因财产被满彦的父亲扣押，最终妻离子散，只能窝在鹿沼町当工人谋生。满彦被杀那晚，他和小千的情夫、小千一直在饭馆里吃饭。小千在窗口看到满彦，就告知两人，满彦是从东京来的，很有钱。小牧酒劲上来，就偷偷尾随满彦。他先是看到满彦和六兵卫争吵，就冲上去掐住满彦的脖子。掐死他后，小牧匆忙逃回家。

六兵卫尾随满彦到河畔，指责满彦对阿冬所做的禽兽行为，要求满彦要么偿命，要么就把慈悲心鸟一事翻篇，再额外付三千元的孵化费。满彦掏出钱包，但里面只有一点钱，六兵卫气得撕破了钱包。就在这时，小牧冲了上来掐死满彦。六兵卫一下子被吓到了。他呆愣在原地，等意识到发生什么事之后，慌忙扔掉杜鹃鸟，踉踉跄跄地跑回家。

之前，警方要求逮捕真凶前所有媒体不得报道案件，可是现在小牧已经被抓，明天就可以公开报道，田岛先生对此颇为期待。这个案子波折离奇，一定能取得很好的阅读量。今晚，田岛先生留在旅馆。


二十六号　雨

我一起床就找当天的报纸来看，果然，不管哪家报纸，都在浓墨重彩地报道满彦离奇被害案。八点，我去阿冬家，她似乎还不知道案件详情。我想了想，并没有多嘴。这种事情，还是让她自己去了解比较合适。田岛先生在这里做了很多调研，取得了很多一手素材，中午就离开了。

今天一直在下雨，空气也有点冷。月底了，日光的游客变少，旅馆也变得冷清了一些。我准备下午四点再去找阿冬，还没下楼，就收到了女服务员递过来的信。我打开一看，阿冬在信上写道：我们就此告别吧！

森君之后的日记再也没有出现过阿冬的信息。他应该是写了后又抹去了。但我仍能从九月二号的日记中推测到阿冬和六兵卫的后续。

九月二号　雨

今天是阴历二百一十日。早上天就起风了，我到寺庙去祭拜父女俩的坟。天上一直在下着豆大的雨滴，风猛烈地刮着，坟墓后立起的刻有梵文的木石（卒塔婆）也被刮走。凛冽的风声中夹杂着蟋蟀的惨叫。

上午十点，我乘火车离开日光。

看到这里，我大概已经猜出森君为什么一直没有成家。此时此刻，他应该已经到宇都宫了，旧地重游，他心中的痛苦可想而知。

我眼角湿润地放下了森君的日记本。

外面的雨还在下个不停。

# 19

## 寿衣与老婆婆

这个故事来自吉田君。

安政六年，横滨港开港，政府大兴基建，异人馆、青楼、旅馆纷纷兴起，当地很快就热闹了起来。到了一年后的万延元年，横滨已经从一个小渔村发展为一个颇为繁华的城市。因横滨交通方便，离江户只有七里的距离，很多东海道和江户的游客都把去横滨旅游当作一种时尚。在当时，如果谁没去过横滨，恐怕会觉得有点丢脸面。

这个故事就发生在万延元年九月二十四日的傍晚，在芝区田町经营近江屋当铺的一家人刚从横滨旅游回来，正乘着轿子返家。近江屋已经在当地经营好多年了，老板娘叫阿峰，时年四十岁。他们的女儿阿妻时年十九岁，长相貌美如花，至今尚未婚配。按照当时的人们来看，她已经是个老姑娘了。阿妻有个弟弟叫由三郎，时年十六岁。

近江屋老板有个亲戚在横滨做酒馆生意，一再邀请他们一家人前来游玩。老板娘阿峰想，小儿子由三郎是个男孩子，今后出门的机会有很多。但女儿阿妻已经十九岁，嫁人后出门游玩的机会越来越少，此番游玩，不如带着阿妻一起前往。母女二人还带了一名下人，名字叫文次郎。文次郎今年二十三岁，已经在近江屋做工十来年了。

第二天一早，几个人就启程出发了。阿妻正值十九岁，所以一行人先去庙里祭拜，再到亲戚的酒馆里休息。昨天一天他们到处游览，今日正要返回江户。上午，几人在昨日没游览到的地方又转了转，然后被亲戚送到神奈川的旅馆。在那里，阿峰和阿妻分别搭乘两顶轿子，文次郎跟在轿子后面随行。

在川崎歇脚的时候，阿峰和阿妻互换了轿子。阿峰还在大森买了一些当地的工艺品，打算回去送给附近的孩子，也因此耽误了一些时间，离开大森时，时间已经接近傍晚了。

此时，文次郎看到一位六七十岁的老婆婆一直跟着他们一行人。轿子前行的速度不慢，自己一个年轻小伙子，跟起来都有点气喘吁吁的，老婆婆年纪那么大，竟然没有用拐杖就一直跟着，看上去已经累得不行了。

文次郎一方面对老人家有些怜悯，另一方面也觉得她能坚持到现在，一定颇为不凡。他猜测，老婆婆应该是害怕天黑出事，不想一个人走，跟着他们一行人，毕竟人多安全些。于是他停下来问道："老婆婆，你这是有什么急事吗？您要去哪里吗？"

　　"我要去鲛州办点事。"老婆婆回道。

　　"那离这儿已经不远了。"

　　"唉，上了岁数身体就是不行啊……"

　　"老人家，您怎么没拄个拐杖呢？"

　　"我这不是抱着东西吗，再拄拐就不太方便了。"

　　文次郎仔细一瞧，老婆婆怀里果然抱着一个浅黄色的包裹。

　　文次郎接着问道："您跟在我们后面走，是害怕一个人走夜路吗？"

　　"是的，天太黑了，我这还带着一些非常重要的东西，要小心些……"

　　"很重要的东西？"

　　"是啊。"

　　正好这时，天已经完全黑下来，轿夫停下轿子点燃了蜡烛。借着烛光，文次郎又看了看老婆婆。她穿着寻常的棉衣，但很整洁，看得出是个爱干净的人。而且她的皮肤很白，看上去挺有气质，年轻时候应该也是一位美人。

"老人家，轿子走得比双脚快，你这个年纪，要想跟上我们，也有点困难啊。"

一行人继续赶路。老婆婆果然继续跟着，走了一段路后，老婆婆不小心跌了一跤，文次郎连忙搀扶老婆婆，她却自己一个人站在那儿喘着粗气。

"唉，老人家，我刚才就说了，你这样很容易跌倒的。"

正当文次郎犯愁的时候，轿子里的阿峰与阿妻母女已经知晓事情经过。阿峰掀起轿子前帘，问道："老婆婆你没事吧，还能起来吗？"

文次郎回道："我看够呛了。"

阿妻也跟着掀开帘子，说道："反正她只是要去鲛州，要不然先让她上我的轿子吧。"

阿峰："也行。"说着就要作势下轿。

阿妻拦住她，表示自己刚好想下轿活动一下，长时间乘坐轿子身子也会不舒服。阿峰想着让阿妻下去活动一下腿脚，就没再坚持。

于是，阿妻走出了轿子，文次郎和轿夫扶着老婆婆上了轿子。阿妻就随着轿子慢慢地走着。

到了鲛州后，老婆婆下轿向众人道谢后离开。阿峰和阿妻觉得自己做了件好事，心情也颇为不错。

然而阿妻上轿后，却发现老婆婆之前一直抱在怀里的包裹落在了轿子里。

文次郎和轿夫想叫住老婆婆，却发现她早已经走得没影儿了。

"这个老婆婆真是粗心大意，这么重要的东西也能随便忘掉。"

文次郎说完，按捺不住自己的好奇心，打开包裹查看，发现竟然是一件纯白色的寿衣。阿峰和阿妻也都吓得喊了出来。

惊吓过后，众人想着，可能是老婆婆的某位亲友去世，她才带着寿衣前去奔丧。这么一想，也就没那么恐怖了。众人觉得，既然包裹对老婆婆来说很重要，她发现包裹丢失后应该很快就来寻找，于是就安排文次郎在原地等候老婆婆，而阿峰和阿妻先坐轿子回近江屋。

两人回到家中后，把这一段经历原封不动地告诉了家主由兵卫。由兵卫听了后心里隐约有点不快，毕竟寿衣不是什么好东西，多少有点忌讳。阿峰和阿妻心里也有点不安，怕看到寿衣后会发生什么不好的事。

文次郎在那儿等了很久也没等到老婆婆，半夜才回到近江屋。

由兵卫觉得这件事毕竟不是什么好事，让外人知道的话，说不定要编排出什么不好的话来，就吩咐文次郎把包裹丢掉。于是，文次郎便连夜把包裹抛入了高轮海里。

这件事就此告一段落。除了几个当事人和由兵卫之外，就连阿妻的弟弟由三郎和其他下人，也都不了解内情。

阿峰和阿妻觉得老婆婆是特意留下寿衣的，心里非常不安，连之前旅行的趣事也都懒得跟其他人分享。特别是阿妻，她格外地感到不安，甚至后悔去横滨游玩，更后悔让老婆婆上轿。由兵卫安慰她们，让她们不要思虑过多，很多事情都是反着来的，比如说人在梦里被刀砍，其实是预兆着招财进宝。她们这次在路上看到寿衣，说不定预示着什么好事将要发生。

二人虽不知这些话是真是假，不过，不安的情绪倒是稍稍安定了下来。

谁知由兵卫这次竟然真的说中了，几天后，竟然真的有好事发生。

前面说过，阿妻已经十九岁了，却一直没找到好婆家。几天后，竟然有人上门提亲了。

提亲的那家人在附近经营井户屋酒馆，生意颇为不错，在当地是有着几百年历史的大户人家，生意做得很大，田地和房屋钱财也颇丰。而阿峰的伯父作为两家的媒人，前来提亲。阿峰的伯父本身也是个生意人，经营一家叫万屋的小酒馆。可见这门亲事是靠谱的。

由兵卫和阿峰觉得，如果阿妻能够嫁入这样的人家，也是几辈子修来的福分。阿妻本人对这桩亲事也很满意。

十月初，双方按照惯例见了面，就此定下了这门亲事。因为阿妻那年十九岁，不适合结婚，所以婚礼就定在了第二年的春天，今年先订婚。

井户屋在当地是个大户人家，近江屋无法与之相提并论，这门亲事传出去，众人都觉得他家是交了好运。

由兵卫笑着对家人说："我就说事情都是反的，果然是好事没错吧？"

这件事确实太过神奇，阿峰和阿妻不得不相信之前发生的一切是吉兆。近江屋众人都喜不自胜，决心好好操办婚礼，对得起对方的身份。

订婚仪式在十一月顺利举行，婚礼最终定在了明年的正月二十。

那年十二月十八号，由兵卫去浅草观音寺赶集买年货，阿峰在家里迎来了由兵卫的弟弟三之助。三之助之前入赘到一户商人家做女婿，这次前来，却告知了一个不太好的消息。原来，当地一直有一个关于井户屋家族的传说。据说他们家在几百年前有一个下人失踪了，却怎么都查不出到底那个下人是被杀了还是自己逃走了。可是，那个下人的奶奶却坚持要求井户屋把她的孙子交出来。井户屋当时的家主实在没办法，就只能让下人将她轰了出去。老太太在出门前喊了一句恶毒的诅咒，她说，生成井户屋的家主以后一定会断子绝孙。

阿峰听到这段传闻后心里很慌乱，问道："你还记得这是哪任家主在世时候的事吗？"

三之助回道："事情已经过去很久了，谁也说不清，现在的家主应该是第六代子孙了。"

阿峰听到这里，放宽了心道："这不是没事儿吗？也没有断子绝孙。"

三之助忙道："其实井户屋历任家主并没有自己的子女，不知是不是真的受到了诅咒，家主亲生的孩子都很快去世了，最后只能领养别人的孩子。也就是说，每一代的家主都是领养的。"

"难道不能领养亲戚家的孩子吗？这样好歹也算是家族的血脉……"

"唉，你不知道，亲戚家的孩子领养回去也活不长，就只有完全没有血缘关系的孩子，才能活下来。"

"难道真的是被那位老妇人诅咒了？"

"别人都这样说，到底怎么回事，谁也不知道。"

三之助也不想在阿妻的婚礼前跟嫂子说这些，但如果他知道这些事情却不提前告知，以后真的出了什么事，他更加无法对他们一家交代，所以特地前来，把这些事情告诉他们。

由兵卫回家后从阿峰嘴里得知了这段传闻，他此前也并未听过这段传闻。老妇人的诅咒？这听起来实在有些太过离奇，而且两家已经举办了订婚仪式，如今要不要照常举办婚礼，成了摆在眼前最重要的事情。

"你说，我大伯他知道这件事情吗？"阿峰问道。

"三之助也不会没有依据无故瞎说，这件事嘛……"

三之助和大伯都是亲人，阿峰相信自己的大伯，由兵卫则相信自己的弟弟，为了避免争吵，二人决定分别找自家亲戚再详细询问清楚。

第二天一大早，两人就一起出门，兵分两路。阿峰伯父听到阿峰质问时，脸色不禁变了变，最后坦诚说道："既然你们已经知道这件事了，我也就没必要再藏着掖着了，我知道你们肯定会记恨于我，但我也是有苦衷的。"

原来大伯的店铺生意不好，早已经难以为继，还向井户屋借了不少钱，不然连年都过不去。如果婚事黄了，井户屋家自然不会再管大伯，大伯家的生意一定会就此断送。大伯一边说着自己家的情况，一边祈求阿峰的谅解。

事情到现在，已经很清楚了。井户屋家虽然家大业大，却因为断子绝孙的传闻而很难娶到本地的媳妇，只能迎娶外地不知情的姑娘。

阿峰简直快气炸了，但是大伯也是无奈之为，大伯母也一直哭着哀求她，她一心软，就愤愤地回家了。

而由兵卫那边也从三之助那里再次验证了井户屋家传闻的真实性。如果悔婚，大伯家自此家道中落不说，也会影响阿妻的名声，毕竟结婚的消息早就已经传出去了，阿妻今年已经十九岁，万一被这件事影响，之后就更加难嫁出去了。但是，如果真要让女儿嫁到井户屋家里受罪，两人又舍不得。二人商量来商量去，最终决定把事情的真相都告诉阿妻，让女儿自己选择是嫁还是不嫁。

阿妻则选择继续举行婚礼，她表示，此前收到寿衣说不定就是预示着这件事确实是不祥之兆，但既然已经承诺了对方，自己不能做个言而无信的人。

由兵卫夫妇见到女儿心意已定，也就不再犹豫，一门心思扑在婚礼的操办上。大伯对此万分感谢，因为自己家的店铺总算保住了。

婚礼如期举行，而且办得很热闹，很多人前来祝贺，家里一直热热闹闹的。

婚礼前夕，阿妻询问文次郎，去年那件寿衣到底被他丢在哪里了，还让文次郎偷偷带着自己去。文次郎觉得不妥，就告诉了阿峰。阿峰担心女儿不满意这桩婚事，想要投海自尽。

"你去海边准备做什么？"

"没事的，母亲，我只是去看看，您不用担心。"

"那我跟你一起去吧。"

那天天空下着细雨，从早上一直下到傍晚六点。因为要办婚礼，店铺门前聚集了很多人。阿峰带着阿妻和文次郎，偷偷地从后门溜出去。当时世道不算安稳，海边的店铺早早就打烊了，街上也没有多少行人。

文次郎告诉阿妻，自己将寿衣大概丢在了某个位置。阿妻就跪下，双手合十地祈祷，阿峰和文次郎只能静静守候在她身边。

第二天，海浪一波一波地涌来，拍打着岸边。突然，阿妻指着一处地方喊了出来。文次郎赶紧照着灯笼看过去，竟然发现有东西随着浪花浮动，看上去很像之前丢掉的那件白色寿衣。几人吓了一跳，文次郎赶紧举高灯笼，想要看清楚一点，但那件白色寿衣却突然消失了。

　　阿妻再次对着海浪双手合十进行祷告。

　　第三天，阿妻的婚礼顺利地举行。嫁到井户屋后，阿妻发现新婚丈夫平藏果然是前任家主的养子，因为公婆几年前已经过世，所以阿妻的新婚生活过得倒是很是惬意。

　　阿峰对丈夫说："真希望他们小两口就这么和和美美地一直过下去啊！"

　　由兵卫也暗自祈祷不要有不好的事情发生。

　　樱田门事变发生后，当年的年号改为文久，世道愈发不太平，但由兵卫一家倒过得很是和美。

　　年底，阿妻怀孕了。在平常人家，怀孕自然是一件大喜事，但井户屋的情况特殊，阿峰和由兵卫夫妇非常担心。为了以防万一，阿峰每天都到神社和寺庙去祭拜，希望自己的外孙能够平安出生，顺利长大。

　　文久二年九月，阿妻即将临盆，阿峰连续多日每天都去祭拜、祈祷，由兵卫也忍不住跟着一同去祈祷。平藏也去寺庙里祭拜，还在家里放置了很多平安符。

　　九月十三日，下人受阿妻的吩咐来找阿峰。阿峰以为女儿要生产了，连忙乘轿子赶了过去。

"你有感觉了吗，快生了吗？"

"预产期是月底，还有一段时间，但我有种预感，这孩子明天就要出生了。"

"你怎么会有这种预感？"

"我也说不清，但感觉就是明天，而且是明天傍晚。"

"真的是明天傍晚吗？"

"母亲你还记得去年发生的事吗？明天是九月二十四。"

去年的九月二十四号，他们三个从横滨回家的路上，遇到了那位留下寿衣的怪婆婆。阿峰意识到这点后，心里有些不安。

阿妻宽慰她道："母亲不用担心，我一定会保护好我的孩子的。"

阿峰不想影响阿妻的心情，就跟平藏讲了自己的不安。没想到，阿妻也对平藏说过孩子会明天出生的话，这确实有些奇怪。

阿峰因为太过担心，当天就直接住在女儿家里守候。

第二天是个大晴天，微风拂过，秋高气爽。白天没有任何异样，顺利地度过了。到了傍晚夕阳落下时，阿妻突然感觉孩子要出生了。不久后，阿妻果真诞下了一名男婴，她之前所说的预言真的实现了。

阿妻问道："是男孩还是女孩？"

匆匆赶来接生的产婆回道："是一名男婴。"

阿妻让产婆把孩子带走，还把阿峰也赶了出去。正当众人为孩子顺利生产而感到高兴时，她拿出不知何时准备好的刀子，自尽了。

阿妻自尽后，阿峰发现她腿下竟然铺着一件早已被鲜血染红的白色寿衣。

最后，吉田君说道："阿妻的孩子就是我的爷爷，他一直健康地生活到了现在。阿妻刚生下孩子就自尽，便打破了那个老妇人对我们家族的诅咒。爷爷成年后，结婚生下了两儿一女，孩子也都平安长大，我的父亲就是他的二儿子。后来父亲成家后入赘，所以我也跟着改姓吉田。爷爷对他的母亲一直深怀感激，因为她是整个井户家族的恩人。每逢她的忌日，爷爷一定要去祭拜，以示感恩。"

**20**

影子被踩的女人

这个故事来自 Y 君。

刚才有人讲了一个十三夜的故事，刚好我也知道一个关于十三夜的怪谈，就在这里一起讲讲。

我们都知道，踩影子是小孩子之间非常喜欢玩的一种游戏。虽然现在玩这种游戏的人已经越来越少，但在以前，这个游戏还是颇为流行的。在月光下，一群小孩随时都能玩踩影子的游戏，但似乎秋天的月夜最适合玩这个游戏。小孩子们一边唱着"影子啊，道陆神，十三夜的牡丹饼"，一边嬉笑着踩影子。大部分孩子都是踩其他人的影子，当然也有个别孩子喜欢专踩自己的影子。你追着我要踩我的影子，我一边躲闪一边企图踩别人的影子，还得提防有人插过来专门踩你我二人的影子。这个游戏也因此变得好玩。三五个人，或者十几个人，随时都能玩。偶尔会有人在追逐的过程中不慎摔倒，或者是踩坏了鞋子——这种情况都经常发生。玩了一会儿，总会有人觉得这样只踩彼此的影子有些无聊，最后跑去偷踩过路人的影子，踩中了就哈哈大笑。不过，一般他们也不敢偷踩男人的影子，只去捉弄女人或者孩子。这个游戏确实有些无聊，对于无辜的路人来说，即使没有被踩中身体，只是被踩了影子，也不是一件值得高兴的事儿。

这个游戏起源于何时已经不可考，但一直到明治时代，这个游戏依然火爆。我们的孩子也会玩踩影子，但再往下一辈，玩的人就少了。战争以后，已经很少见到有人玩了。

今天我要说的这个故事就跟踩影子有关。芝区柴井町有一家贩卖丝线的店铺，名为近江屋，店铺老板有个女儿名叫阿关。永嘉元年九月十二日晚上，阿关去亲戚家串门，晚上八点开始往家走。因为第二天就是十三夜，所以那一晚的月亮格外亮，那年秋天很冷，很多人都患了流感，于是阿关就把袖口捂紧，匆匆赶路。走到宇田川町大道时，遇到几个小男孩在路上一边打闹，一边唱着"影子和道陆神"的字眼。

阿关本想快点绕过去，但这几个孩子却冲上来，作势要踩她的影子。阿关被吓着了，等反应过来躲开的时候，影子已经被几个小孩子踩到了。几个顽皮的孩子一边踩阿关的影子，还一边唱着

"十三夜的牡丹饼"的儿歌，闹哄了一阵，孩子们就集体跑开了。

阿关看着小孩子们散开，连忙飞速往家里跑，一直跑到店门口才瘫在门框上喘气。阿关的父亲正和两个伙计一起看店，看到阿关这个样子，就赶紧跑过来照看。阿关的母亲和女佣也从里屋跑出来，众人都在猜测阿关是遭遇了什么。

阿关今年十七八岁，长得很是貌美，故此她父母以为她是遭遇了某个浪荡子被非礼了。阿关的父亲还顺着阿关回家的方向往外追了一段，没有发现什么可疑的人，才又返回店里。

母亲焦急地问道："发生什么事了，阿关？"

"我被人踩了。"阿关声音有些颤抖。

"被谁踩了，是谁欺负你了？"

"刚才在宇田川町大道，一群孩子在玩踩影子游戏，他们发坏就来踩我的影子。"

阿关父母一听原来是这么一回事，紧张的心情终于放松下来。

"我还以为是有人真的欺负你了呢，不过是一群孩子在玩踩影子嘛，没什么好大惊小怪的呀！"

阿关含着泪说："我听说，影子被踩的人会折寿的。"

女佣连忙安慰道："没有的事，你不要听人瞎说。"

在当时，确实流行着类似的说法，人的影子被踩后就会发生不好的事，比如折寿或遇到祸事什么的。甚至还有一些极端的传言，说影子的主人被踩三年后就会死去。当然，真正相信这些说法的人其实很少，要不然也不会有那么多家长让孩子玩踩影子游戏了。但是不管怎么说，对那些相信被踩影子会遭厄运的人来说，心里肯定始终有芥蒂的。

众人连忙安慰阿关，让她不要往心里去，不要想太多。

但阿关心里还是很介意，总觉得有些不可预料的事情即将发生。阿关的卧房就在近江屋的二楼，那天晚上，不知道是不是受到了踩影子事件的惊吓，阿关做了一个噩梦，梦到几个小影子在不断拍打自己的身体，吓得她一晚上都没有睡好。

第二天是十三夜，月色明亮，店员买了芒草和栗子供奉神明。大家都觉得今天的月色很美，阿关却紧张得不敢抬头看月亮。其实她并不是害怕月亮本身，而是怕看见自己在月下的影子。十三夜的月色特别美，很多人都在赏月，有人从二楼观看，有人站在大街上观看，唯有阿关一人躲在自己的房间里，闭门不出。

窗外传来玩踩影子游戏的孩子们的歌声："影子啊，道陆神啊，十三夜的牡丹饼！"

歌声此起彼伏，吵得阿关都快崩溃了。

自从踩影子事件发生后，阿关就很少在晚上出过门，特别是月亮明亮的晚上，她就更加感到害怕。如果真的遇到什么事非要在晚上出门不可，她也会尽量避开有明月的夜晚。她父母发现这点后经常数落她，埋怨她被一点小事就吓得不能出门正常行走。但唯有阿关自己知道，她的内心仍没有放下那件父母眼中的"小事"，深深的恐惧仍然包围着她。

然而，可怜的阿关在情绪还没有恢复正常时，又被影子吓到了一次。

阿关母亲的姐姐嫁到了神明前的一家店铺大野屋。十二月十四号那天，阿关在家里做清洁时，大野屋的下人跑来告诉她，老夫人晕倒了。阿关的母亲跟大姨的关系一向很好，两家还说好要亲上加亲，大姨家的二儿子要次郎跟阿关约定了亲事。因为有着这层关系，阿关家就得派个代表过去探病才行。正好那天别人都在忙着大扫除，阿关就独自出门了。

下午两点左右，阿关梳好头发就仓促地出门前往大野屋。到了那里，发现他们也正在大扫除。老夫人今年七十五岁，哪知在大扫除时突然发了病。阿关赶到时，老夫人已经清醒了过来，正在房间里卧床休息。原来当天天气很冷，老夫人觉得自己近来身体都不错，就也跟大家一起打扫，哪知一不小心累到了，身体吃不消，才会突然晕倒。医生看过后也说没有什么大事，只需要好好休息即可。

众人把事情告诉阿关，阿关心里一直悬着的石头也跟着放了下来。不过既然已经来了，她也没有马上离开，跟着别人一起照看老夫人。日落后，阿关在大野屋吃过晚饭，就准备告辞离开。

大姨让阿关转告母亲，老夫人身体已经康复，并派要次郎送阿关回家。阿关觉得没必要那么麻烦，大姨却说快要过年，路上不太平，还是坚持让要次郎送行，还嘱咐要次郎在路上要注意避开影子和道陆神。之前阿关被踩到影子的事情，阿关的母亲已经告诉了大姨，所以她才特意嘱咐。

要次郎回道："今天这么冷，没有人会在路上玩这种游戏的。"

要次郎今年十九岁，皮肤白皙，身材清瘦，跟阿关站在一起时，两人简直就是天造地设的一对。大姨看着两人慢慢在眼前消失，心里充满了对两人未来的期待。

阿关虽然之前婉拒，但要次郎送她回家这件事还是让她心底小小兴奋了一下。他俩一路走着，看到路边有的店铺已经大扫除结束关了门，有的店铺里面点着灯，传来了阵阵谈话声。虽然天气很冷，洁白的月光倾泻而下，但街上的灯火气息还是让人心生暖意。

"今天有点冷啊。"

"嗯，真的很冷。"

"阿关，你看，今天月色很美哪！"

阿关抬头，透过对面屋顶的晾衣竿看到洁白的月色。

"真的很美。"

虽然这么说，阿关心里却莫名有些不安。她突然意识到今天是十二月十四，月亮之夜，虽然有要次郎陪在身边，但她内心那种不安的情绪却怎么都缓解不了。她连忙低头避开月亮，却在地上看到了自己和要次郎的影子。

要次郎说："你现在是不是晚上有月亮就不出门了？"

阿关没有答话。

"其实之前发生的事情没有什么大不了的，你不如忘记，不要太过在意。那晚要是我也送你回家，就不会发生那样的事了。"

"我也知道，但心里总会不安。"

"没什么的，别想太多。"要次郎安慰她。

"真的只是想太多了吗？"阿关低声呢喃。

两人这时已经走到宇田川町大道。或许是因为天气太冷，今天这里有很多行人，却没有那些玩踩影子游戏的淘气男孩。阿关和要次郎就这样在宇田川町大道上走着，两人的影子也印在地上。

突然，阿关听到了一声乌鸦叫，回头看了下。

"是月夜乌鸦。"要次郎解释道。

这时，不知道从哪条小巷子里钻出来两条狗，追着阿关的影子开始乱吠。阿关吓了一大跳，想要躲开，但不管怎么躲，那两条狗竟然都追着她的影子不放。

阿关没办法，只能抓住要次郎的胳膊，让他把狗赶走。

要次郎大声凶着那两条狗，可它们却依然追着阿关的影子，直到他捡起小石头朝那两条狗丢去，它们才终于吃痛离开。

接下来，要次郎送阿关进了家门，当天晚上，阿关就梦到有两条狗在自己的床上跑来跑去。

这件事以后，阿关胆子变得更小了，她不仅在有月亮的晚上不敢出门，在有阳光的白天也不出门，她怕自己在太阳底下的影子也被人踩到。后来，她只在没有月亮的黑夜和没有太阳的阴天才敢出门。再往后，她的病情愈发严重，甚至在家里待着，都只挑阴暗的角落。

第二年三月，阿关的情况越来越严重，就连看到灯光都感到害怕。她惧怕一切可以让自己产生影子的东西，不管是月亮、太阳还是灯光。她变得不爱出门，约定好的女红课也不再去了。

阿关的母亲看到她这个样子，感到非常忧心，跟她父亲商量阿关以后怎么办。阿关现在已经不是单纯的受惊，简直已经算得上是一种病态了。

大野屋的大姨一家人听说阿关的现状后也非常担忧，要次郎更是觉得自己那次没有起到护花使者的作用，不仅被母亲责怪，自己也很自责。

这一年，阿关已经十八岁，要次郎也已经二十岁，两人的婚事原本也该提上议程，但阿关现在这种状态又怎么能成亲呢？没办法，婚事只得延后。

阿关父亲带她去看了几次医生，但医生也说不出明确的治病方法，只说阿关现在的状态应该是患上了抑郁症。要次郎的大哥听人说在下谷住着一位阴阳师，很有些能力，想让要次郎带阿关去看看，可要次郎却对这些江湖阴阳师不感冒。

"那个阴阳师说不定是什么狐狸精变成的，好好的人去看病，万一再被附身怎么办？"

"他确实是有功力的阴阳师，听说已经治好了不少人。"

大姨听说了后就有心把阴阳师介绍给了阿关的父母。病急乱投医的阿关父母觉得，这说不定也是一条解决之道。因为怕引起阿关的反抗，父母不敢直接告诉她此行的目的，两人先去拜访了阴阳师。

六月初，阿关父母来到了阴阳师在五条天神后街的家。当时正值梅子雨季，阴阳师的家从外看面积不大，内深却很深，在阴暗的天气下看起来有些阴暗。两人来到一间供奉着神灵的房间，见到了阴阳师。阴阳师已经六十多岁，听两人说明了来意后，沉默了片刻。

"害怕自己的影子？这事确实比较罕见。这样吧，你们先拿这根蜡烛回去试试。"

说完，阴阳师取下神灵排位前的一根蜡烛，交给阿关父母，并嘱咐他们在凌晨用蜡烛照看阿关的影子，看看她有没有被什么东西附身。如果真的被附身了，就一定能照出来。不管他们看到了什么都不要轻举妄动，先来告诉他。

阿关父母接过阴阳师递过来的装有蜡烛的白木箱子，对阴阳师表示感谢后就离去了。那天的雨从傍晚一直下到半夜，夫妻二人的心情也跟着紧张了起来。他们装作若无其事的样子等到阿关睡着，按照阴阳师的嘱咐，一直到凌晨，才举着蜡烛走进阿关在二楼的卧房。进了房间后，他们发现阿关已经熟睡。母亲把阿关摇醒，正当阿关从床上坐起揉眼睛的时候，两人紧紧盯着墙上的影子，紧张得连握着蜡烛的手都跟着微微颤抖。

墙上的影子确实是阿关的，没有看到其他妖魔鬼怪的影子。

夫妻二人若无其事地让阿关继续睡觉，然后轻轻地退出了房间。第二天，阿关父亲一个人去了阴阳师的家。阴阳师听了他的一番描述后，感到非常奇怪，表示自己也爱莫能助。阿关父亲坚持让阴阳师再想想办法，自己一家人实在不能眼睁睁看着女儿的状况一天天恶化。阴阳师想了想，就又递给他一支蜡烛，让他在一百天以后的凌晨再点燃蜡烛。

阿关父亲对此感到很不解，但还是决定听从阴阳师的安排。

要次郎因为跟阿关的亲事又要延后，心底对阴阳师更加抵触。他提议，夏天到了，他要带阿关去瀑布底下冲冲水，说不定就好了。不过现在的阿关已经习惯了闭门不出，要次郎也拿她没办法。

那年的夏天特别热，阿关的身体也越来越清瘦。她天天闷在家里的阴暗角落，吃的东西也越来越少，脸上早已不复以前的精气神，不知道内情的人看了，准以为她得了某种大病。

日子一天天过去了，到了九月十二号，第一百天终于到了。

阿关父母从拿到第二支蜡烛时就开始计算时间，去年阿关第一次出事时就是在九月十二号，阴阳师说的一百天以后，刚好是今年的九月十二号。也不知道是不是这个日子有些特殊，夫妻二人更加忐忑，害怕这次真的照出除了自己女儿之外的东西。但不管怎么说，这一天终于还是来了。

这晚的月亮还是非常明亮。

九月十三号是个大晴天。当天白天，当地发生了不太严重的小地震。阿关的大姨出门办事正好来到附近，就顺路过来拜访。阿关跟大姨打了招呼，把她迎进门。片刻后，阿关的母亲亲自送她出门，两人在门口小声地说着昨晚的经历。

"大姐，那个阴阳师说的第一百天就是昨晚。"

"我知道，今天过来也是想问问，到底怎么样了？"

阿关母亲回头看了下阿关，见她没有留意她们，就偷偷说着："昨晚我们去阿关的房间，点燃蜡烛后，我们发现墙上的影子里竟然出现了一副骷髅……"

说到这里，她声音都有些颤抖。

大姨的脸色变了下："怎么会这样？看仔细了吗？"

"看仔细了，我和丈夫两个人都看到了，太可怕了！"

"阿关知道这件事吗？"

"昨天她就清醒了几分钟，然后就睡着了，应该还不知道。不过，这到底是怎么回事啊？"

"你们去找过阴阳师了吗？"

"我丈夫一大早就去了，不过阴阳师好像也还没找到原因，也不知道是不是有什么不能对我们说的……"

大姨也觉得中间可能有些不可对人明说的事情，毕竟两人都很担心阿关的身体。她们沉默了一会儿，阿关的母亲不由自主地哭了出来。

"你说这可怎么办啊！阿关不会就这么被那东西害死了吧？"

大姨面对这种情况也不知道该说什么，只勉强说了些话来宽慰她。

要次郎从母亲那里听到这件事后，认为一定是阴阳师在暗中搞鬼，故意让他们担惊受怕，最终等着他们主动奉上大把钱财。

"你也不能完全这么说，第一百天可是真的照出了骷髅啊！"要次郎的哥哥说道。

"那也是那个阴阳师捣的鬼！"

兄弟两人一直为这件事吵个不停，但这种事又怎能分出个对错呢？

晚饭后，要次郎去公共浴室洗澡，回家路上，他突然意识到今天是九月十三夜。

抬头一看，月色明亮。路上还有人在对着月色祈祷。

一想到该死的九月十三夜，要次郎就有些愤愤，他拐了个方向，来到阿关家。

阿关母亲接待了他，并把阿关叫了下来。阿关今天化了妆，在月光下显得格外美丽。

要次郎想趁着今天带着阿关出门，让她以后不再害怕月亮，就邀请阿关一起去赏月祭拜。本来他以为阿关一定会拒绝，没想到她竟然答应了。对此，阿关的父母也感到非常诧异，但不管怎么说，阿关肯出门就是件好事。

要次郎带着阿关朝金杉走去，徐徐凉风吹来，要次郎说道："阿关，在这样的天气出门，心情还不错吧？"

阿关没有应声。

要次郎又接着说道："阿关，我之前就跟你说过，你真的应该放下了。你如果继续这样折腾自己，只会让父母更加伤心。咱们今天晚点再回家，你多在外面待会儿，习惯了就不害怕了，你说行吗？"

阿关低声答应了。

"影子啊，道陆神，十三夜的牡丹饼……"

他们的耳边又传来小孩子们唱的这首歌。

要次郎安慰她说："不要害怕这些小孩子。"

十几个小孩子从小巷子里涌出来，一边唱着歌一边企图踩两人的影子。阿关有些紧张，要次郎握紧她的手。

没想到，这几个小孩子还没靠近他们两人，就大声嚷嚷道："有鬼！有鬼！"然后大叫着离开了。

要次郎觉得这些小孩子就是玩些欲擒故纵的小把戏，最终目的还是为了踩影子。他回头看向自己和阿关的影子，却发现阿关的影子竟然是一副骷髅！

他吓了一跳。虽然他一直觉得阴阳师是江湖骗子而已，但眼见为实，这次可真的把他吓到了。

他甩开阿关，独自一人跑回阿关家，将事情跟她父母一一告知。

阿关父母知道后，连忙和他一起回到那里。然而阿关的右肩却不知被谁刺中了一刀，晕倒在地上。

旁人说，要次郎走后，阿关一个人愣在原地，有一个武士经过阿关时，突然举刀刺向她的右肩膀。众人猜测，武士应该是看到了阿关的影子才举刀伤人的。

阿关一直害怕自己的影子，后面才惹出这一番波折。要次郎又不相信阴阳师，两人才会遭遇这般怪事。但是事情究竟是怎么发生的，已经没有人能说得清楚。我们如今能听到的，也只是这段怪谈了。